百年中国新诗编年

第四分册

1949-1956

主编：张清华　　分册主编：周　航

山东文艺出版社

序

周　航

　　1949 年 10 月 1 日中华人民共和国成立，国民党政府败退后偏居于台湾，在地域和政治上形成了两岸对峙的局面，而新诗则从时间逻辑上进入第四个十年时期。20 世纪前半叶中国社会剧烈的变革动荡，曾对诗歌产生过巨大影响，如此分期才具有相对的合理性，即以 1949 年为时间分界线，新诗被切割成与以往完全不同的空间格局。从大的方面来看，大陆的新诗是一个板块，台湾、香港、澳门的新诗是另一个板块，这两个板块由于政治环境和地理位置的不同，主流的诗歌风格和审美趣味迥异，从而形成了各自鲜明的诗歌发展态势。本卷在充分尊重历史的基础上，所选篇目力争能够真实呈现一个特定历史时期的诗歌面貌。

　　在呈现与考察这一时段的诗歌之前，首先需要说明一点，即在时间分段上，本卷是以 1949 年 1 月（而非 1949 年 10 月 1 日）为起点，至 1956 年为终点（考虑到 1956 年大陆正式提出"双百方针"，使诗歌一度繁荣；而 1957 年的"反右"运动则切断了这一历史脉络，使新诗明显进入了下一个时期）。所以，仅从物理时间上看，是不足十年的，但是考虑到大的历史逻辑与走势，在规划各卷时限的时候，只好权且这样处理。

　　此一阶段的诗歌大体上承继了五四以来的新诗传统，但在大陆是偏向于左翼与解放区的诗歌传统，台湾则更多继承了三四十年代现代派的诗歌流脉。从写作主体方面看，大陆诗人众多，背景日渐雄厚，自然成为这时期最有力的发声者；而港台诗人是在边缘处的"递补"角色，为现代新诗的完整性描边添色。在承续传统方面，大陆更多的是传承民间歌谣，兼有少许古典诗歌的养分；台湾则是接过了新诗原有的气脉，同时在师承古典传统、吸收外来诗歌营养方面持续进行着尝试。这一体量上的"偏正结构"，有时会奇怪地混以质量上的倒置。但无论如何，它们都是现代新诗和当代中国诗歌的足迹，何者为正统，谁为偏师，似乎又显得不那么重要了。

在大陆方面，很多之前便已成名的诗人在这个时期仍旧活跃，加之新人的不断涌现，为后世留下了大量具有鲜明时代印记、至今仍令人耳熟能详的诗歌名篇。像臧克家的《有的人》、胡风的《时间开始了!》、艾青的《在智利的海岬上》、何其芳的《回答》、公刘的《西盟的早晨》、闻捷的《吐鲁番情歌》、郭小川的《投入火热的斗争》《致青年公民》、贺敬之的《回延安》《放声歌唱》、饶阶巴桑的《母亲》、流沙河的《草木篇》……绝大多数诗作是直接书写大时代主题的，其中蕴含着饱满的政治热情，历史的大事、大势和群众的现实生活，都在诗歌中得以密集的反映。

在新中国成立之前，国共双方的交战已处最后关头，"解放全中国"已成为众多革命诗人豪情迸发的喷口。从"长江水，浪滚滚，／南方人民请我快南征，／毛主席批准，／朱、彭总下令，／四海欢呼千山万水腾"，到"山欢腾，海欢腾，／人山人海大欢腾，／南南北北人民都解放，／人民的江山从此归人民"（柯仲平：《拔掉敌人最后一条根》），如此直白的表达，成为彼时革命诗人最具代表性的诗情流露。与此交错同行的，还有对革命历史予以咏叹的大量诗作。新中国成立之际，以胡风的《时间开始了!》和何其芳的《我们最伟大的节日》最见时代感和代表性。新中国给无数写作者带来了无限憧憬和歌唱的激情，使诗人的时代赞歌成为 1949 年及之后几年的主旋律，既歌颂"英雄""国旗""伟大的节日""中华人民共和国""时间"，又赞颂"舵手"毛主席，这类诗歌一时呈井喷之势。需要指出的是，在此特殊历史时期，诗人的颂歌往往贯注了真情，而并非矫揉造作。一年后，因抗美援朝以及与苏联结盟，大陆诗歌由是又增添了新元素。怒斥"美国帝国主义"和歌颂"志愿军战士""中朝友谊""中苏友谊"的诗歌一时蔚为大观，严辰的《滚出去，美国侵略者》、冯至的《给美国帝国主义者》《走进苏联的国界》、李季的《我们来到了莫斯科》、邹荻帆的《莫斯科的灯火》、鲁煤的《中朝人民战歌》、高兰的《红旗飘扬在鸭绿江上》、刘岚山的《路哨上的姑娘》、罗盛教的《无题》、胡昭的《播种及其他》、徐迟的《列宁伏尔加河顿河运河颂》等等，成为有代表性的篇什。综观这类诗歌，尽管在艺术形式上并不追求新异，但毕竟也有着大时代的朴素与真率之美。

几与抗美援朝同步，接下来就是土地改革和推行合作化之路，又配合以在全国范围内进行"三反""五反"运动。这些社会变革进程中的重大举措，在诗歌中也有反映：白夜的《王业俊互助组》、刘志平的《又省祖国一笔钱》、吕剑的《一个姑娘走在田边大道上》等即为其中的代表性作品。与此相应的是全民掀起建设热潮，诗歌也以特有的形式加入其中。如田间的《祖国颂》中所写："全国是这样欢腾，/决心要走一条路，/要建设社会主义，/使劳动更有价值。"这正是当时现实生活的写照，邵燕祥的《我们爱我们的土地》也是如此。阮章竞在《祖国的早晨》中不仅回顾革命历程的艰难曲折，传递建设新国家的热情，还把 1954 年颁布第一个宪法写入诗中："旧的城市迅速地在改装换样，/新的城市在摇篮里、在诞生中、在怀孕着……""庄严美丽的第一个宪法，/它擎上历史的路标，指向着光明的前程。/人民，透过今天早晨的阳光，/看见了明天——更光明的祖国的早晨。"这类诗歌除了饱满的热情和鼓舞作用，还往往蕴含了一种革命者的历史意识。这一时期还有不少反映新道德和新风尚的诗歌，它们与建设新中国的主题彼此呼应，形成合唱，比如王亚平的《春云离婚》、穆仁的《我愿做一颗小小的螺丝钉》、严阵的《老张的手》、莎蕻的《紫竹河上可爱的姑娘》等等。

本时期的诗歌，还反映了多民族的大合唱，不仅涌现了饶阶巴桑、巴·布林贝赫、黎·穆里特夫等优秀的少数民族诗人，也有如郭沫若、顾工、公刘、梁上泉等新老诗人写出的反映少数民族生活的佳作。尤其是一些以民间故事为框架写成的长篇叙事诗，读来颇为感人，既继承了延安时期文艺大众化的传统，在诗体建设上也有某些新的尝试，比如韦其麟的《百鸟衣》、阮章竞的《金色的海螺》、公刘的《望夫云》、包玉堂的《虹》等等。除了民间叙事诗的兴盛，革命叙事诗往往融民间歌谣和说唱的艺术形式、民间传说和革命故事于一体，符合当时普通大众的欣赏趣味，成为诗坛的一大亮点，比如张志民的《王九诉苦》、阮章竞的《漳河水》、李季的《报信姑娘》、魏巍的《好夫妻歌》、艾青的《藏枪记》等等。与革命叙事诗相应的是政治抒情诗，这一诗体成为新中国成立后影响巨大、风格独特的形式，新中国当代诗歌的一类标志而为诗坛所瞩目。郭小川和贺敬之即为其中的代表，其实还应包括艾青、田间，甚至是郭沫若，他们在这一时期都留下了同一类型的作品。

新中国成立之后，加快了以意识形态为主导的国际交往，因此反映这类国际交往题材的作品也较多。除了与朝鲜、苏联关系密切而留下大量诗作，也偶有其他题材的作品，如艾青的《维也纳》《给希克梅特》《在智利的海岬上》、冯至的《歌德、席勒铜像》、李瑛的《埃及，中国的眼睛看着你》、唐祈的《献给埃及的诗》等都属此类。这类诗作多是赞美、讴歌、同情、鼓舞的主题，也有冷眼批判，体现了时代政治场域中鲜明的阶级立场性。穆旦1949年留学美国，他一反现代诗的写作常态，写出了批评态度明显的《美国怎样教育下一代》《感恩节——可耻的债》等诗作。这与冯至、七月派、九叶派等诗人群落在新中国成立后诗风的突变，颇有相似之处。

不过，在这个时间段中，大陆诗人的创作也并非完全紧随"时代"足音，也有独具个性、追求诗美创造的作品产出。尽管这类诗歌并非主流，甚至有被遮蔽的可能，但其少许和稚嫩的"异质性"，在一定程度上展现了新中国成立初期诗歌尚有多元存在的状况。像胡风的《小草对阳光这样说》、绿原的《航海》、鲁藜的《希望》、艾青的《礁石》、闻捷的《吐鲁番情歌》、郭沫若的《玛娜娜》、穆旦的《妖女的歌》、邵燕祥的《地球对着火星说》、冈夫的《一朵玫瑰花》、流沙河的《草木篇》、昌耀的《鹰·雪·牧人》等，都在一定程度上体现了现代新诗传统的续存。有意思的是，它们是在1956年正式提出"双百方针"之后，如雨后春笋般冒出来的。只是这一诗潮没能持续多久，在次年的"反右"运动中，很多诗人因此而蒙受打击，甚至失去了写作自由。

相较而言，1949年到1956年间的台港澳诗歌在特殊环境下得到了发展。一批来自大陆的诗人，在现代新诗传统的感召和西方现代派诗歌的启示下，用充满活力的创造，反拨了所面对的政治意识形态，开启了一场规模不大却很有实绩的现代主义诗歌运动，并创办和利用很多诗歌刊物，将这一运动推向了一个可观的规模和境地。《自立晚报·新诗》（1951年）、《诗志》（1952年）、《现代诗》（1953年）、《公论报·蓝星》（1954年）、《创世纪诗刊》

（1954 年）等，都发表了大量风格迥异的诗歌作品，直至 1953 年初纪弦发起"现代诗运动"，台湾现代诗创作已蔚为壮观。港澳这一时期的诗歌也相类似。如果说这一时期大陆诗歌表现的是外在公共领域、时代共名的话，那么以台湾为代表的诗歌则多表现个体生命感受、内心情感世界，同时也对现实发出质疑与批评。仿佛是在汉语巨大的本体之外，又长出了一个敏感的器官，这一奇特的格局使得中国诗歌获得了一个历史性的机缘，能够得以在促狭的空间里续接了中国久远的诗歌传统，并且以现代新诗在大陆的断然截肢，嫁接到了一个体外的分岔之上，于是结出了意想不到的果实。这也算是新诗史上一个非常有意思的现象。

　　总的来说，因考虑到大陆历史与诗歌的主体性建构的问题，本卷在诗歌作品的选录上仍坚持以大陆为主、台港澳为辅的原则。一卷诗歌史，会让我们看到中国一个特定历史时期的社会风貌。新中国成立和开始建设、抗美援朝、"三反五反"、互助组合作社、亲苏反美……诗歌在某种程度上成为历史的见证；诗歌中的战争、战士、歌颂、仇恨、建设、新风、运动、斗争……留给后世的又岂只是历史的周折和变迁，而是更多类似福柯式的那种富有历史感与多样性的"历史编纂学"的效果。如今再读，所有文本的意义都会有奇特的延伸和"溢出"效应。

　　由此看来，这一时期的诗歌如果按大陆、台港澳分别来选录的话，极有可能各成体系，彰显出相对的独立性。但是，出于地缘政治与百年新诗历史整体性的原因，我们又不能将其生硬地割裂开来，只好将其一锅烩。看起来这是一种无奈，文本间会有明显的疏离或分裂感；但另一方面，它又显示出一种奇特的统一性，能够互为镜子，并通过异质性的镜像，照见其自身。

　　选录这一时期的诗歌，难免有遗珠之憾，除了选择上的犹疑、篇幅的限制，还有台港澳方面第一手史料的匮乏，都使编者产生力有不逮之感。尽管如此，我们仍祈愿本卷能给中国新诗的一段历史描下一个大致的轨迹与轮廓。

目录

1949^年

拔掉敌人最后一条根

——南征歌

柯仲平

黄河水，入龙门，
猛冲猛打浪猛飞，
我猛冲猛打猛将敌包围，
猛进猛追猛将敌粉碎。

长江水，浪滚滚，
南方人民请我快南征，
毛主席批准，
朱、彭总下令，
四海欢呼千山万水腾。

山欢腾，海欢腾，
我排山倒海追敌人，
消灭了敌人才有真和平，
拔掉敌人最后一条根。

山欢腾，海欢腾，
人山人海大欢腾，
南南北北人民都解放，

人民的江山从此归人民。

1949 年 1 月 1 日，延安

选自《群众文艺》1949 年第 6 期

一个少女的经历

何达

第一个摸她乳房的

　　　是纱厂的工头

　　　她愤怒地扭一扭童年的身子

第二个

　　　是他的情人

　　　她爱

第三个

　　　是日本人

　　　她颤抖

　　　她知道日本人的军刀是可怕的

第四个是美国兵

　　　她喊叫

　　　因为她觉得

　　　她是胜利了的中国人

　　　她挨了重重的耳光

　　　而且被拉到警察局里

　　　于是

第五个摸她乳房的
　　是中国警长

1947 年 1 月 15 日

选自香港《大公报·文艺》1949 年第 53 期

我们是十三个

公刘

　　南京来人说：在最近大恐怖中的被捕者，已经有十三个学生和职业青年，遭到了特务的秘密杀害。姓名不详。

我们是十三个，
没有名字的十三个。

没有人知道我们死了，
没有人能找得着我们，
我们没有一块碑，一张遗嘱，
没有的，没有的，我们活着的时候紧张工作，
没有工夫想到死。

你们不用寻找我们，
骨骼、腐烂了的皮肉，以及斑凝着血迹的绳索，
都已经不是我们的标记，
难道你们不知道

在中国的旷野，曝尸的实在太多了。

你们不要再寻找我们了，

找不着的，找不着的，

雨花台附近的地下？

挹江门外千丈深的岸崖？

那被深深掩埋了的黝黑可怕的瓦罐？

那裹着石头沉在江心的奇怪的麻袋？

是的，是的，

对这每一个问题我们都愿意回答一声：是的，

是的，到处都有我们，

我们在全中国。

记得在我们被处死的前一晚，

我们之中有一个曾经向大家这样发问：

喂，兄弟，有没有感觉到就要来临的那桩事情？

其余的人答道：感觉到的，但是并不恐惧。

感觉到的，但是并不恐惧。

这就是我们最后一次的全体宣言。

嘭！嘭！那个狱卒在敲隔壁号子的门了，

嘭！嘭！那个狱卒在敲对面号子的门了，

这样的声音究竟什么时候会在我们的门上响起来呢？

我们没有去理会。

我们关心的只是：

那被提出去并且立刻就会被杀死的同志

是怎样完成自己的?

我们留心谛听那渐渐走远了的脚步,

我们贪婪地抓住每一句话,每一个断续的音节,

我们兴奋地响应了一声带头四周爆炸的《国际歌》,

我们为那简单有力的道别辞"同志们,再见!"感到

　　光荣。

死,的确是很平凡的,

我们的死和他们的一样。

我们十三个是哪月哪日死的?

连自己也不知道,

我们只听到山林中的鸟儿在不安的喧嚷,

猜想那总是接近黎明的时分,

杀人犯是那样急迫的要弄死我们,

大概是天快亮了,他们已经没有足够的时间来选择。

带着黑面罩的特务把我们十三个拆开,

有的被押上汽车,拖到荒凉的野外,

有的被扎入麻袋,丢进了划向江心的小船,

"团结就是力量!"

他们很早就熟悉了我们的口号,

所以他们是这样的胆怯和害怕,

连死都不敢让我们死在一道。

我们每一个都是普通的人，

在死亡前的一分钟，

我们也一样的想起了母亲，爱人，

最初的罗曼斯，朋友，书籍，

营火会，诗歌朗诵，

美好的食物，故乡，心爱的纪念品，

和孩提时代的故事…………

然而像闪电一般照亮了自己的思想的，

却是祖国的号召、同志们的勉励，

和许许多多的慷慨的英雄故事。

你红色的十月，你为暴动所摇撼的冬宫，

你二万五千里的长征，你冰封的延安，

你在土地革命中被地主残杀了的农民，

你被保皇法西斯匪徒从悬崖推向大海的希腊游击队

　　员，

你佛朗哥西班牙越狱的政治犯，

你无辜遭受三 K 党酷刑拷打的尼格罗……

啊，感谢啊，感谢，

感谢你给我们以无穷的力量！

在我们倒下去的时分，

我们的心，正贴向祖国底土地与河床，

此刻我们念念不忘的是

人民什么时候，能够完全翻身？

我们又猛然想起了

阿拉贡①的辉煌的诗篇。

"假如要从头来过……"

假如要从头来过，

——就从头来过！

假如人能够生一千次，

让我们一千次都生在中国。

假如革命要求我们死一千次，

那也就让我们一千次都死在中国罢。

中国！中国！

我们是怎样永远激动地热爱着自己的人民和祖国啊！

我们死了，没有基督，没有弥撒，

我们死了，我们的灵魂走向地底的王国；

我们既然敢向人世间的炼狱挑战，

我们就决不再害怕别的什么。

然而，地狱的门不是为我们开的，

它不承认我们的死亡。

它说：方志敏、瞿秋白、

　　　　李公朴、闻一多、

　　　　于子三、王孝和……

　　　　都不在这儿，都不在这儿，

　　　　你们都活着，你们都活着……

---

　　① 阿拉贡是现代法兰西的著名诗人，《假如要从头来过》是他在沦陷时期的作品，曾经登载在当时的地下报纸上。

啊，我们都活着？

对，我们部活着！

我们不是那种躺在床上静静地等待死亡的人，

死亡不能属于我们！

而且刽子手也没有资格宣告我们已经死去，

相反的，我们倒是敌人灭亡的最可靠的证人！

同学们，

同志们，

不用再寻找我们了，

千真万确的

我们都活着，

我们——就——是——你——们！

1949 年 1 月，香港

选自香港《大公报·文艺》1949 年第 45 期

"和平"的身价

臧克家

两年前，

全国人民要"和平"，

各民主党派要"和平"，

越要

它的身价越高，

"和平"终于成了违禁品，

谈"和平"就是犯法——

　　打！

　打！！

打！！！

今天，

临到你要"和平"了，

千方百计地要，

向外国人作揖叩头地要，

报纸上的通电，振振有辞，

又给"参议会""各法团"的伟人们

　平添了一层"资格"，

反共专家一转身成了第三者，

毛泽东

居然从"奸匪"变做了"先生"。

明天，

该率领你的文武群臣

到"台湾"

坐小朝廷去了，

在那里，

用幻想孵着原子弹，

等候着

第三次世界大战爆发！

时间呀，时间呀，

你多么无情又多么有情呵！

1949 年 1 月于九龙

选自香港《大公报·文艺》1949 年第 47 期

舵手

杭约赫

I

世界载着沉重的担负，
挣扎在历史的河流里，
向着茫茫的理想滚去。

通过战争，再通过战争，
一次、两次、无数次
生命与荣誉的交替，一次
两次、无数次，旗帜
飘起来，移动，变色，迎着风。

听，欢呼和啜泣，号音和
钟声，像湖水涌过去，涌过去！
看凯旋门上的风色，它安详的
接纳从西边来的，或是从东边来的
蹄声和吆喝。而它，建筑师的

杰作，无数个在我们的道路前面
等待——等待着一群群、一队队的
担架和蒙着黑纱的胜利者，披挂
勋章，在掌声里穿过。

　　　　　　这一批穿过
另一批又接踵奔来，似乎这是个
峰顶——人类最高的成就，爬上去
欲望在这里获得满足，一个
镀金的名字，嵌上历史。
像秋夜的萤火，这些金属的闪光
在人类的印象里泛起，泛起
又消失……

　　　Ⅱ

一种原始的渴求，经过山
经过海，掠取"生命线"，膨胀
膨胀，从柏林、罗马、东京……
朝每一个空隙，施展
贪婪的多毛的足，扩大
"生存空间"！以闪电的
速率，向巴黎、华沙、珍珠港
俄罗斯和中国广阔的土地上进军。
这毒菌在慕尼黑的温床上
繁殖，懦怯的绥靖政策里成长，在

"敦睦邦交"的放纵下举起

战旗，棒喝团、盖世太保、黑龙会

蓝色师团、第五纵队、火十字军……

这些直立的兽，凶残的

虎列拉，猖獗在

欧罗巴、阿非里加、亚细亚……

一片片的土地，一座座的

城池，一道道的防线，焚烧着

炸裂着，崩塌着；人性被

压缩、变形、腐蚀，给卷进

疯狂旋转的"轴心"，毁灭！

不同的颜色，不同的声音，拖过

残酷的时间和空间，在一个

熔炉里汇合。人类开始觉醒：献出

老年人的叹息，婴儿的

啼笑，年青人的歌唱；一切的

智慧，向着一点集结，

一切的力量，向着一点

集结。从天空、从地面、从海洋

奔赴，扑灭这历史上最大的

一次，也应该是最末的一次

火灾。

　　众多的心愿，在一个个

十字架，一个个花园，一个个烧焦的

废墟上发现。全人类顶着
一个命运，支撑在生与死
人与奴的边缘。亿万双眼睛
亿万双拳头齐声呐喊：
"一切为了扑灭法西斯！"

九月，收获的季节——
我们的种子和耕耘没有白费，
刻满了风雨的旌旗终于回到了
各自的领地，让荷枪的追逐者
翘起两个骄傲的手指，向这
沸腾的世界宣布：
"胜利已经属于我们！"
　　　　　　一片欢呼
喜悦的酒灌醉了这世界，
浪涛似的拥抱，山雀似的
跳跃，兵士们带着
异乡的风情回来，以久远的
思念，叫荒芜的土地
怀孕，喑哑的齿轮
重新歌唱。

　　重新歌唱，歌唱
狄克维多的崩溃，人类的
胜利；掌握了胜利，却没有
赢得和平。战争使

人和兽的距离拉长，拉长

又缩短。胜利的果实是野心的

酵母，趁一片混乱，黩武者梦想

以科学上的奇迹和散布的剩余物资

把这受创的世界抓到爪里，将

一个合理的制度，从地球上抹去，

使人类的前进，永远击在

资本主义的磨缘。富尔顿演词

撒旦的号召，忙碌了

华尔街，骚动了一切悬挂

红灯的国度，刚放下的武器

重新命令背上，向环绕着真理的

卫星出发：掠夺、占领、汲取……

垂下天鹅绒幕，再一次培养

"防疫地带"，这画着橄榄枝的

魔鬼的摇篮，战争褓姆以人类的

膏血，喂养了这批新十字军，

从西半球到东半球，掀起

两个体制的斗争，使中国、希腊……

一大块一大块破碎的土地，浸在

血里，投在火里。硫磺的

气味和喧哗充塞了这世界。

III

呵，世界，这个整体的球，

将要被剖切成两爿，战争的
叫嚣跟随法西斯细菌在
高大的烟突与巨厦之间
蔓延。而人类，最大部分的人类
从这一次战争里，已经感受了
新的爱情，不再单纯做个
兵士，在使用武器的时候也会
意识到自己是"人"，找寻着
方向。

　　多少号声炮声，带走了
我们多少好儿女：一边给
愚昧和懦怯所贩卖，另一边为了
人类的尊严与延续，现在
空气里又回荡着"战争"，
一切谣言威吓向和平的
保卫者——劳动人类的家庭
袭击。

　　世界的列车，颠簸在
剧烈的痉挛里，饥饿、贫困
镇压不住的骚扰，如寒冬的冰雪，
淹没了"前进"的路轨，使疯狂的
驾驶者不能迅速的将它驱向
全盘的战争。理智和身受的痛苦
也惊醒了人类，知道如何去
珍贵兄弟间的友谊，为自己的

生活保持自己的天地，历史上
那些光辉的充满了人性的日子：
德黑兰、雅尔达、开罗和波茨坦……
让我们永远记取，亿万顷力量从它
发动："今天是人民的世纪！"
这世界的舵，执掌于人民，面前的
路，由我们依据理性来挑选，
人类不仅要生活，还需生活得合理。

　　通过残酷的时间和空间，
不同的颜色，不同的声音，在一面
旗帜下凝聚，纵然还得遭遇
零零落落大大小小的战争，
这旗帜将带领世界，插着
白鸽的翅翼，走向
胜利——人类的理想……

　　　　选自诗集《复活的土地》，中兴出版社 1949 年 3 月版

王九诉苦

张志民

孙老财

进了村子不用问，

大小石头都姓孙。

孙老财一手把天地盖，
穷小子死了没处埋。

孙老财瓦房前院连后院，
穷小子光着屁股串房檐。

孙老财的陈米生了虫，
穷小子菜粥锅里照人影。

孙老财街里一跺脚，
吓得穷小子不知怎么好。

孙老财算盘擗扒打，
算光了一家又一家。

王九的账

八月里来秋风凉，
高粱谷子齐上场。

孙老财打发看家狗，
带着口袋收租粮。

打开账本看一看，

"王九欠租整七石"。

我双手捧起那没梁儿的斗,
眼泪滚滚顺斗流。

量了一石又一石,
哪一粒谷子不是血和汗?

交光了还欠两石三,
辛苦一年穷一年。

我王九心像钝刀儿割,
饭到嘴边把碗夺。

民国十年闹灾荒,
我向老财去借糠。

饱汉子不知饿汉子饥,
财主眼里哪有穷人的?

"我可怜你谁可怜我,
我没办法找哪个?"

"大爷你积德多行好,
你的恩我死也忘不了。"

"借给你粗糠一斗五，
细糠我还要喂猪。"

人穷志短莫奈何，
我王九不如孙老财的猪。

欠下租子还不清，
我给老财当长工。

长工要比牲灵苦，
挨打受骂泪零零。

四更打水天不明，
老财被窝里骂几声：

"什么时候你还不起，
睡死在炕上不动秤！"

太阳没出下地去，
回家顶着满天星。

下地回来还挑水，
累得腰酸骨头疼。

老财一天三顿饭，
喝酒炒菜吃肉面。

长工三顿稀汤汤，
树叶馍馍掺上糠。

划根洋火点着了，
长工的生活苦难熬。

五风六月青黄不接，
俺葱葱在地里勒榆叶，

见俺葱葱长得好，
孙老财心里生了鬼道。

满天星斗打了二更，
孙老财带人来抢葱葱，

立逼着俺葱葱拜花堂，
俺葱葱连哭带骂泪汪汪：

　　"老畜生你不是人养的！
　　你为啥不要你亲闺女。"

他狗脸子一变气冲天，
顺手提起了马鞭鞭：

今儿个你愿意不愿意，

你的命就在我手心里。

马鞭鞭提起可不留情，
俺葱葱叫哭不成声。

鸡儿刚叫天没亮，
俺葱葱吊死在杏树上。

俺葱葱死在孙家手，
这一笔血债几时勾？

老爹一气得了伤寒，
病势一天重一天。

十来天水米不下咽，
想吃个酸梨又没钱。

我悄悄到树下摘个梨，
碰见老财狗日的。

又一场大祸从天降，
他跳脚骂到俺家门上：

"你顶着我家天，踩着我家地，
你吃我的饭，还偷我的梨！"

一手把老爹拉在地：
"穷小子给我滚出去！"

摔死我老爹一条命，
我全家哭成了一个声。

新仇旧恨似海深，
我王九告到了县衙门。

衙门口儿朝南开，
有理没钱别进来。

孙老财送去五两大烟土，
老爷一见喜颜开。

青红皂白先不问，
鸭子浮水把我吊起来。

"你生来就是受穷的命，
为非做歹不正经。

孙爷对你一百一，
穷骨头你真不识抬举！"

我王九的冤仇何日报？
穷人的活路没一条。

有钱人买得鬼推磨，
穷汉子有理没处说。

西北风紧吹滴水成冰，
我全家被赶去逃生。

十冬腊月刮起白毛风，
跪在土地庙求神灵。

"土地爷爷你开开恩，
借你的住处我存一存身。"

窗棂儿刮断雪推门，
深更半夜冻死人，

孩子冻得像个光翅鸟，
"爹呀娘呀"哭得好心伤。

刀尖剜心肠子碎，
咱穷人呀！就永世得受罪？

选自诗集《天晴了》，读者书店 1949 年 3 月版

漳河水（节选）

阮章竞

第一部　往日

漳河小曲

漳河水，九十九道湾，
层层树，重重山，
层层绿树重重雾，
重重高山云断路。

清晨天，云霞红红艳，
艳艳红天掉在河里面，
漳水染成桃花片，
唱一道小曲过漳河沿。

三个姑娘

漳河水，水流长，
漳河边上有三个姑娘：
一个荷荷一个苓苓，
一个名叫紫金英。
河边杨树根连根，

姓名不同却心连心。

低声拉话高声笑，

好说个心事又好羞。

荷荷想配个"抓心丹"①，

苓苓想许个"如意郎"②，

紫金英想嫁个"好到头"③，

毛毛小女不知道愁。

断线风筝女儿命，

事事都由爹娘定。

媒婆张老嫂过河来，

从脚看到天灵盖。

爹娘盘算的是银和金，

闺女盘算的是人和心。

不知道姓，不知道名，

不知道是老汉是后生。

押宝押在哪一宝，

是黑是红鬼知道！

偷偷烧香暗许愿，

观音菩萨念千遍。

心操碎，人愁死，

三天没吃完半合米！

---

①②③　都是理想爱人的昵称。

三月里，桃杏花儿开，
押的宝子揭了盖。
三尺青丝盘成卷，
抬过河，抬过川。

漳河水，水流长，
三人的心事都走了样：
荷荷配了个"半封建"①，
天天眼泪流满脸！

苓苓许了个狠心郎，
连打带骂捎上爹娘！
紫金英嫁了个痨病汉，
一年不到守空房！

年年要过十二个月，
渡过冷来渡过热。
榆花开，花开搭戏台，
姊妹们回娘家碰在一块。
无心看牛郎会织女，
无心看郭驸马"打金枝"。
三人拉手到漳河沿，
滴滴泪珠挂腮边！

_____

① 半封建即封建富农。

桃花坞，杨柳树，
东山月儿云遮住。
漳河流水水流沙，
荷荷一泪一声诉：

"常阴天，森罗殿，
自从关进那砖门院，
苦胆拌黄连！
一锅要做两样饭，
婆婆骂硬，小姑嫌烂，
啪啪三巴掌！

人家端碗俺旁边看，
骂俺眼馋不洗衣裳，
张嘴'败婆娘'！

秃汉要鞋，小姑要裙，
贴工容易难贴线，
俺没买花钱。

抽俺的筋筋搓成线，
也买不下婆家心半片，
还骂没针尖①！

---

① "针尖"，妇女活计好叫有针尖。

十七的闺女四十的汉，
光秃秃脑壳长毛脸，
活像个琉璃蛋！

马骡锅，骆驼背，
塌鼻子吊个没牙嘴，
黑心肝像鬼！

'媳妇是块烂锈铁，
揣在怀里暖不热！'
婆婆骂得绝！

'老婆是墙上一层泥，
你要死了我再娶！'
放他娘狗屁！

哪年才把头熬到？
漳河你为甚不出槽？
给俺冲条道！"

桃花坞，杨柳树，
北岸石鸡夜半哭！
河底不平掀起浪，
苓苓揭开冤家账：

"天上的云彩千变化，

汉子对我好就耍，
恼了就是打！

俺说好狗不咬鸡，
好汉子不打自己妻，
上社去说理！

'娶来媳妇买来马，
任我骑来任我打！'
他说是老王法！

一汤一饭想着他饥，
一冷一热惦着他衣，
回我冷蛋子！

缝衣做饭纺线线，
天明忙到二更天，
他还嫌糖不甜！

推罢碾来又推磨，
不顺他眼都是俺错，
理是由他说！

俺是男人的破棉袄，
冷就披，热就脱，
不用就扔角落！"

桃花坞，杨柳树，
河边草儿打觳觫！
风吹花飞落水面，
紫金英倒尽心头怨：

　　"三月里，花开娶过门，
　　十月初一上新坟，
　　紫金英，泪盈盈！

　　男人原是常病身，
　　爹娘重财不重命，
　　贪人有钱银！

　　过年养下墓生孩，
　　只有娘亲没爹爱，
　　春天花不开！

　　有意守节心难下，
　　俺娘劝我另改嫁，
　　改嫁我嫌怕！

　　断头香纸烧过后，
　　出门泼水哭着走，

村边上牲口！①

腊月难遇南风生，
十户婆家九户狠，
改嫁是跳火坑！

水流擀杖没根梢，
带犊孩儿是路边草，
进门爬墙头！②

改嫁难保不走荷荷路？
改嫁难保不受苓苓苦？
女人走没路！

咬牙咬牙守寡吧，
少受骂，少挨打！
把墓生孩守大！……"

声声泪，声声泪，
声声泪泪山要碎！
山要碎，山要碎，
问句漳河是谁造的罪？
桃花坞，杨柳树，

---

① 当地风俗，寡妇再嫁的那天，先要到前夫坟上烧断头纸，夜里才能离开婆家，且必须哭哭啼啼地走出去，在大门口泼了一碗水后，到村外才许骑上牲口走。

② "带犊"，是寡妇带去前夫的孩子。"带犊子"不能从大门进家，须从墙头或屋后爬过去。

漳河流水声呜呜！

戏鼓咚咚响连天，

唱尽古今千万变。

唱尽古今千万变，

没唱过俺女儿心半片！

恨咱不能拔起山，

把旧规矩捣成稀巴烂！

万代的脚踪要踏出路！

千年的水道看流成河！

节选自长诗《漳河水》（第一部），原载《太行文艺》第 1 期，后修改发表于《人民文学》1950 年第 6 期，1950 年 9 月由新华书店出版单行本

七月一日红旗的雨

俞平伯

一个闷热的夏天，

气象预报"有阵雨"的黄昏，

永定门里西偏的广场，

大家庆贺中国共产党二十八岁的生辰。

这里，充满着感激的颜色，

振动着和谐雄壮的歌声，

大幅的红旗，圆圈招飐，

闪烁的银灯，断续照明，

马、恩、列、斯的巨像，

高标半空，

如伟大的导师们亲临。

风来啦，

雨来啦

但风，吹不动期待的真心，

这雨，浇不湿鼓舞的热情，

部队的兄弟们说"不怕！"

大家都不怕啊，

我们同在风雨之中，

歌唱，舞蹈，高呼，

整个儿的广场激动起来

跟无情的风雨斗争。

"风云转啦！"

红旗刮得花喇花喇的直响。

夕阳反映美丽的长虹，

浓云透出镰刀似的新生月亮。

雨快要歇了，

雨反而急了，

滴滴搭搭打在帽檐上

水往下直淌。

更捎带着微微的红色，

洒遍人们浅淡的衣裳。

暴雨才过，

大会初开，

万口欢呼，

万人如海。

主席台上的扩音器，

把这盛大狂欢的晚会，

指挥到轻松如意，

仿佛在一间屋子里

开小组会议。

都来听听这二十八年奋斗史吧！

可歌可泣。

怎么样从艰危里锻炼出坚贞，

怎么样从苦难里孕育着光明，

我们不久将亲眼看到，

这中华人民新国的诞生。

电火骤然灭了，

我呆坐在看台的高处，

旁边的伙伴也静悄悄地，

疑惑在深山里，大野中，

抬头——唯有永远寂寞的星空。

明儿报上说有三万人，

有的说，"不止，不止！

有四万，五万！"

这一忽儿，这几万人哪里去了？

原来他们都不则声，

都在耐心等待。

我深深体认到群众的庄严的秩序

和那高度的觉醒。

虽是沉默呵！

比呼喊还要响哩。

确信"大时代"真快到了，

迈开了第一步的万里长征。

怎么会到如梦的会场来呢？

怎么会生活在全新的国度里呢？

这是一世纪来所没有的，

这是半世纪来所没有经识过的，

我不觉得，我还在这古老的北平。

1949 年 7 月 6 日

选自《人民日报》1949 年 7 月 11 日

新华颂

郭沫若

一

人民中国，屹立亚东。
光芒万道，辐射寰空。
艰难缔造庆成功，
五星红旗遍地红。
生者众，物产丰。
工农长作主人翁。

二

人民品质，勤劳英勇。
巩固国防，革新传统。
坚强领导由中共，
无产阶级急先锋。
现代化，气如虹。
国际歌声入九重。

三

人民专政，民主集中。

光明磊落，领袖雍容。

江河洋海流新颂，

昆仑长耸最高峰。

多种族，如弟兄。

千秋万代颂东风。

1949 年 9 月 20 日

选自《人民日报》1949 年 10 月 1 日

英雄碑

吕剑

当人民的第一面

五星红旗从京城升起，

在彩云和阳光中自由飞扬，

我们，向你敬礼！

当我们的第一声礼炮，

惊天动地向世界宣告

共和国的开国大典，

我们，向你敬礼！

当亲爱的毛泽东同志，

在红色天安门城楼庄严宣布

中央人民政府第一号公告，

我们，向你敬礼！

当英雄的海陆空兵团
接受自己领袖的检阅，
并要继续无敌的南征西进，
我们，向你敬礼！

当全世界的朋友兄弟，
向我们伟大的祖国祝贺，
为我们领袖的长寿举杯，
我们，向你敬礼！

当我们的开国元勋，
向你基石上撒下第一锹土，
然后对你脱帽低首，
我们，向你敬礼！

当每天黎明初升，
花朵、露水散放香气，
人们开始了自己的工作，
我们，向你敬礼！

当每一个大天白日，
和平的建设正在进行，
城市、田庄群相欢唱，
我们，向你敬礼！

当每一个平静的夜晚，

人们在幸福中安眠，

灯光照着人们对未来的梦想，

我们，向你敬礼！

当敌人窃窃私语，

还想糟蹋人民的花园，

人人准备为捍卫胜利而献身，

我们，向你敬礼！

你啊，英雄碑！

血的结晶，

心的花岗石，

花的结合体。

你啊，英雄碑！

人民的冠冕，

人民的号声，

人民的史诗。

你啊，英雄碑！

我们人民的旗，

我们战斗的旗，

我们胜利的旗。

你啊，英雄碑！

从地层生根，

高耸入云空，

宽广有如全国海洋大陆。

　　1949 年 10 月 1 日到 2 日

　　选自《人民日报》1949 年 10 月 4 日

我们的旗

胡天风

地图上的红海

是什么样子？

海水究竟是不是红色？

我不知道。

但我看到了我们的“红海”

——一望无际的新中国的旗帜。

1

太阳的颜色，

烈火的颜色，

鲜血的颜色，

溶在一起，

染成了我们的旗

我们的旗

骄傲地飘扬，

星斗在旗上，

灿烂发光。

2

无数的手臂举着旗。

手上沾着机油的工人举着，

脚上挂着泥水的农民举着，

腰里拴着子弹的兵士举着……

他们挥动旗，

象风暴袭击着海洋，

红色的波浪，

以翻天覆地的姿态，

发出怒吼。

他们向全世界宣布：

百年来被奴役的人民，

已经英雄地站起来了！

3

旗，

新中国的象征，

庄严而美丽。

在旗下，

我们宣誓：

永远爱护它，

像爱护自己的眼珠。

哪个狂妄的敌人，

胆敢玷污我们的旗，

我们就一定要

敲碎他的头盖骨。

1949 年 10 月 2 日，武汉。

选自汉口《大刚报》1949 年 10 月

国旗

严辰

十月的清新的风，

吹过自由中国的广场，

耀眼的五星红旗，

在蓝色的晴空里飘扬。

旗啊，你庄严又美丽，

就像刚开放的花朵一样；

你是英雄们的鲜血涂染，
从斗争的烈火里锻炼成长。

我们，四万万七千五百万人，
曾经日夜不停的织你，
我们织你用生命和爱情，
用自由幸福的崇高的理想。

当你在祖国的晴空升起，
我们所有的眼睛都注视着你，
所有的喉咙呼喊你，歌颂你
所有的手都护卫你，向你敬礼！

当你在祖国的晴空升起，
一切事物迅速地起着变化，
陈腐的要新生，暗淡的要有色彩，
衰老的变年青，丑陋的变漂亮。

愁苦的得到欢乐，
污浊洗净，黑暗的发出光芒，
沉默的无声的国土，
到处爆发出雷动的欢笑和歌唱。

国旗呵，你是战斗的意志，
表现了我们无穷无尽的力量，
你被人民百年来所追求，

又指引人民去到新社会的方向。

太阳会落下，

河水会干涸，

你——中国人民胜利的旗帜，

却永远年青，永远高高地飘扬在世界上！

1949 年 10 月于北京

选自《文艺劳动》1949 年第 1 卷第 5 期

中华人民共和国颂歌（节选）

公木

我从一座高大的饰着松枝的拱门中走出，

巨幅的绣着镰刀锤子的红旗

和五星红旗交叉在门首上，

在十月底高空里，

掠着彩云，迎风飘扬。

我阔步行进在大街当中，

大街已经淹没在旗帜底海里了。

每个人脸上都笑开了花，

和那旗面一样鲜红。

我向每个人招手，

每个人向我点头；

我想向每个人拥抱亲吻，

向迎面走来的每个男人和女人。

人们，我叫不上名姓来的，

在今天以前从没有见过一面的，

却又是这么稔熟，这么亲切，

我永远分离不开的人们啊，

我亲爱的中华人民共和国底同胞！

我们生活在一个时代里，

战斗在一个时代里，

地主老爷底皮鞭和帝国主义强盗的刺刀，

驱迫着我们走上共同的命运。

我们底血和泪共同流在一起，

共同被风雪吹打被太阳煦照。

今天，呵，今天——

听啊，听啊，

让我们共同来听啊，

让我们共同聚精会神地来听啊！

这轰轰隆隆，荡荡滂滂，

如同山洪，如同飓风，

如同分裂岩石的瀑布底音响——

汹涌着，激荡着，倾泻着，

向东方，向西方，向南方，向北方，

它打开一切通往未来的闸门，

冲破一切阻挡前进的堤防……

这是毛泽东主席的声浪，

这是毛泽东主席在宣布：

中华人民共和国中央人民政府，

已于本日成立了！

占人类总数四分之一的中国人，

从此站立起来了！

…………

十月底晴空啊，这无色透明的晴空，

看得见吗？大气流里

正飞逐着无数无数祝贺的电波。

这电波发自全国各个角落，

发自各地党底中央局、分局和各级组织，

发自腹地和边疆各个少数民族，

发自各种人民团体，各个劳动者底心坎里。

它也发自全世界，

发自各国兄弟共产党底总部，

发自各个人民民主国家的首都，

发自为争取主权和民族独立的火线上，

发自阿非利加和拉丁美利坚群众底集会中，

发自华盛顿、伦敦和巴黎欢呼的游行的行列……

嘿，它还发自

列宁曾望着第一面升起的红旗微笑的地方……

哦，你飞逐着的无数无数祝贺的电波，

崇高的爱国主义——国际主义的祝贺。

你，垂死的资本主义水蛭，

你，希特勒，戈培尔，里宾特罗甫底幽灵，

你，洋鬼，海贼的后裔，艾奇逊，

你嘴角淌着白沫，舌头滴着血，

你在痉挛地喃喃些什么？

——退后去，滚开吧！

你不敢……

这里是中华人民共和国！

我挺起胸膛站立在

高大的饰着松枝的拱门之前。

巨幅的绣着镰刀锤子的红旗

和五星红旗交叉着，

庄严地飞舞在我的头顶上。

1949 年 10 月 1—2 日于沈阳—长春

选自《文艺劳动》1949 年第 1 卷第 6 期

我们最伟大的节日

何其芳

　　一九四九年九月二十一日，中国人民政治协商会议第一届全体会议在北京开幕。毛泽东主席在开幕词中说："我们团结起来，以人民解放战争和人民大革命打倒了内外压迫者，宣布中华人民共和国的成立了。"他讲话以后，一阵短促的暴风雨突然来临，我们坐在会场里面也听到了由远而近的雷声。

　　九月三十日，中国人民政治协商会议第一届全体会议选出了以毛泽东主席为首的中央人民政府委员会，胜利闭幕。十月一日，北京人民三十万人在天安门广场庆祝中华人民共和国中央人民政府的成立。国旗在广场中徐徐上升。毛泽东主席宣读中央人民政府公告。公告宣读毕，阅兵式开始。最后，群众队伍从广场绕到主席台下，热烈地欢呼"中华人民共和国万岁！""毛主席万岁！"毛泽东主席在扩音机前大声地回答："同志们万岁！"

一

中华人民共和国
在隆隆的雷声里诞生。

是如此巨大的国家的诞生，
是经过了如此长期的苦痛
而又如此欢乐的诞生，

就不能不像暴风雨一样打击着敌人，
像雷一样发出震动着世界的声音……

　　二

多少年代，多少中国人民
在长长的黑暗的夜晚一样的苦难里
梦想着你，
在涂满了血的荆棘的道路上
寻找着你，
在监狱中或者在战场上
为你献出他们的生命的时候
呼喊着你，

多少年代，多少内外的敌人
用最恶毒的女巫的话语
诅咒着你，
用最顽强的岩石一样的力量
压制着你，
在你开始成形的时候
又用各种各样的阴谋诡计
来企图虐杀你。

你新的中国，人民的中国呵，
你终于在旧中国的母体内
生长，壮大，成熟，

你这个东方的巨人终于诞生了。

　　　　三

终于过去了
中国人民的哭泣的日子，
中国人民的低垂着头的日子；

终于过去了
日本侵略者使我们肥沃的土地上长着荒草，
使我们的肚子里塞着树叶的日子；

终于过去了
美国的吉普车把我们像狗一样在街上压死，
美国的大兵在广场上强奸我们的妇女的日子①；

终于过去了
中国最后一个黑暗王朝的统治！

　　　　四

蒋介石，帝国主义和封建主义杂交而生的蒋介石，
现代中国人民的灾难的代名词，

————————

　　① 美国的大兵在广场上强奸我们妇女的日子——一九四六年十二月二十四日黄昏，两个美国大兵，在北京东单大街，把北京某校一女生架到东单广场强奸，事后曾激起北京和全国学生大规模抗美暴行的斗争。

他用血来吓唬我们，

他把中国人民的血染遍了中国的土地。

但中国人民并没有被征服。

前年十月，

毛泽东指挥我们开始大进军，

并颁布了一连十五个"打倒蒋介石"的口号。

那是中国人民在心里郁结了许多年的仇恨。

那是最能鼓舞我们前进的动员令。

我们打过了黄河，打过了长江，

蒋介石匪帮

就像兔子一样逃跑，惊慌。

毛泽东，我们的领导者，我们的先知！

他叫我们喊出打倒日本帝国主义，

日本帝国主义就被我们打倒了！

他叫我们喊出打倒蒋介石，

蒋介石就被我们打倒了！

他叫我们驱逐美帝国主义出中国，

美帝国主义就被我们驱逐出去了！

都打倒了，都滚蛋了，都崩溃了，

所有那些驶行在我们内河里的外国的军舰，

所有那些捆绑着我们的条约，法律，

所有那些臭虫，所有那些鹰犬！

虽说他们现在还窃据着几小块土地

像打破了船以后抓着几片木板，

很快就要被人民战争的波涛所吞没了！

毛泽东呵，

你的名字就是中国人民的力量和智慧！

你的名字就是中国人民的信心和胜利！

五

毛泽东向世界宣布：

中华人民共和国诞生了。

毛泽东向世界宣布：

我们已经站起来了，

我们再也不是一个被人侮辱的民族了。

欢呼呵！歌唱呵！跳舞呵！

到街上来，

到广场上来，

到新中国的阳光下来，

庆祝我们这个最伟大的节日！

六

北京和延安一样充满了歌声。

五星红旗在这绿色的城市中上升。

密集的群众的海洋:

无数的旗帜在掌声里飘动

就像在微风里颤动的波浪。

在毛泽东主席的面前

我们的海军走过,

我们的步兵走过,

我们的炮兵走过,

我们的战车走过,

我们的骑兵走过,

我们的空军在天空中飞行,

群众的队伍从广场上绕到

毛泽东主席的面前来喊着;

"毛主席万岁!"

毛泽东主席回答着:

"同志们万岁!"

这是何等动人的欢呼!

这是何等动人的领袖与群众的关系!

跳跃着喊!

舞动着两个手臂喊!

站在主席台下望着毛泽东主席不愿离开地喊!

把这个古老的城市喊得变成年轻!

把旧社会留给我们身上的创伤和污秽

喊掉得干干净净！

举着红灯的游行的队伍河一样流到街上。
天空的月亮失去了光辉，星星也都躲藏。

呵，我们多么愿意站在这里欢呼一个晚上！
我们多么愿意在毛泽东的照耀下
把我们的一生献给我们自己的国家！

七

让我们更英勇地开始我们的新的长征！
我们已经走完了如此艰辛的第一步，
还有什么能够拦阻
毛泽东率领的队伍的浩浩荡荡的前进！

1949 年 10 月初，北京

选自《人民文学》1949 年 10 月 25 日创刊号

有的人
——纪念鲁迅有感

臧克家

有的人活着
他已经死了；

有的人死了
他还活着。

有的人
骑在人民头上："呵，我多伟大！"
有的人
俯下身子给人民当牛马。

有的人
把名字刻入石头想"不朽"，
有的人，
情愿做野草，等着地下的火烧。

有的人
他活着别人就不能活；
有的人
他活着为了多数人更好地活。

骑在人民头上的，
人民把他摔垮；
给人民作牛马的，
人民永远记住他！

把名字刻入石头的，
名字比尸首烂得更早；
只要春风吹到的地方，

到处是青青的野草。

他活着别人就不能活的人，
他的下场可以看到；
他活着为了多数人更好地活的人，
群众把他抬举得很高，很高。

1949 年 10 月于北京

选自《新民报·萌芽》1949 年第 16 号

时间开始了！（节选）

胡风

第一乐章：欢乐颂

时间开始了——

毛泽东
他站到了主席台底正中间
他站在飘着四面红旗的地球面底
中国地形正前面
他屹立着像一尊塑像……

掌声和呼声静下来了

这会场

静下来了

好像是风浪停息了的海

只有微波在动荡而过

只有微风在吹拂而过

一刹那通到永远——

时间

奔腾在肃穆的呼吸里面

跨过了这肃穆的一刹那

时间！时间！

你一跃地站了起来！

毛泽东，他向世界发出了声音

毛泽东，他向时间发出了命令

"进军！"

掌声爆发了起来

乐声奔涌了出来

灯光放射了开来

礼炮像大交响乐的鼓声

"咚！咚！咚！"地轰响了进来

这会场

一瞬间化成了一片沸腾的海

一片声浪的海

一片光带的海

一片声浪和光带交错着的

欢跃的生命的海

海
沸腾着
它涌着一个最高峰
毛泽东
他屹然地站在那最高峰上
好像他微微俯着身躯
好像他右手握紧拳头放在前面
好像他双脚踩着一个
巨大的无形的舵盘
好像他在凝视着流到了这里的
各种各样的河流

毛泽东
他屹然地站在那最高峰上
好像他在向着自己
也就是向着全世界宣布：
让带着泥沙的流到这里来
让浮着血污的流到这里来
让沾着尸臭的流到这里来
让千千万万的清流流到这里来
也让千千万万的浊流流到这里来
…………
我是海
我要大

大到能够

环抱世界

大到能够

流贯永远

我是海

要容纳应该容纳的一切

能澄清应该澄清的一切

我这晶莹无际的碧蓝

永远地

永远地

要用它纯洁的幸福光波

映照在这个大宇宙中间

海在沸腾

毛泽东

他屹然地站在那最高峰上

那不是挥动巨掌

击落着无数飞箭

而奔驰前进的

火焰似的列宁底姿势

那不是斩掉了一切毒瘤以后

重量和力量的凝合体

泰山石敢当的

钢柱似的斯大林底姿势

毛泽东

列宁、斯大林底这个伟大的学生

他微微俯着身躯

好像正要迈开大步的

神话里的巨人

在紧张地估计着前面的方向

握得紧紧的右手的拳头

抓住了无数的中国河流

他劝告它们跟着他前进

他命令它们跟着他前进

诗人但丁

当年在地狱门上写下了一句金言：

"到这里来的，

一切希望都要放弃！"

今天

中国人民底诗人毛泽东

在中国新生的时间大门上面

写下了

但丁没有幸运写下的

使人感到幸福

而不是感到痛苦的句子：

"一切愿意新生的

到这里来罢

最美好最纯洁的希望

在等待着你！"

祖国

伟大的祖国呵

在你忍受灾难的怀抱里

我所分得的微小的屈辱

和微小的悲痛

也是永世难忘的

但终于到了今天

今天

为了你的新生

我奉上这欢喜的泪

为了你的母爱

我奉上这感激的泪

祖国，我的祖国

今天

在你新生的这神圣的时间

全地球都在向你敬礼

全宇宙都在向你祝贺

雷声响起了

轰轰轰地在你头上滚动

雨点打来了

花花花地在你头上飘舞

祖国呵

为了你

全宇宙都在欢唱

这大自然底交响乐

那么雄伟又那么慈和

漂流在这一片生命的海上

我感到了你巨大的心房

在激烈地鼓动

梦幻的我的眼睛

朝向了右边一瞥

看见了一个老人底侧脸

他的头发像一蓬秋草

他的胡子钢一样翘着

激动得张开着的嘴巴

忘记了动作

我感到了

他的额头上在冒着热汗

我感到了

在我看不到的他的眼睛里面

在燃烧着火焰

我的战友

我的兄弟

我看见了你!

你在臭湿的牢房垂死过

你在荒野的乡村冻饿过

你和穷苦的农民一道喂过虱子

你和勇敢的战友一道喝过血水

你受过了千锤百炼

你征服了痛苦和死亡

这中间

多少年多少年了

但你的希望活到了今天

你的意志活到了今天

今天

激动着你的此刻

你忘记了过去的一切罢

但过去的一切

使你纯真得像一个婴儿

仿佛躺在温暖的摇篮里面

洁白的心房充溢着新生的恩惠

你也感到了

这摇撼着雷雨的大交响底抚慰罢

那是催生歌

也是催眠曲

我梦幻的心

荡漾着一片醉意

越过你的侧脸

飘忽地回到了七月一日的狂风暴雨下面

好猛烈的狂风暴雨

好甜蜜的狂风暴雨

夹着雷声

飞着电火

倾天覆地而来了

被你吹着淋着

是三万个战斗的生命

用歌声迎接你

用欢笑迎接你

用舞蹈迎接你

因为

只有你这响彻天地的大合奏

只有你这湿透发肤的大洗礼

才能满足这神圣的生日所怀抱的大欢喜

…………

毛泽东！毛泽东！

中国第一个光荣的布尔塞维克

他们的力量

汇集着活在你的身上

你抓住了无数的河流

他们的意志

汇集着活在你的心里

你挑起了这一部历史

毛泽东！毛泽东！

中国大地最无畏的战士

中国人民最亲爱的儿子

你微微俯着巨人的身躯

你坚定地望着前面

随着你抬起的手势

大自然的交响乐涌出了最高音

全人类的大希望发出了最强光

你镇定地迈开了第一步

你沉着的声音像一响惊雷——

"全人类四分之一的中国人从此站立起来了！"

      ——1949 年 11 月 11 日夜 10 时半，成。

11 月 12 日夜 11 时，改。

在北京。

选自《人民日报》1949 年 11 月 20 日

大海中的一滴水

芦甸

我多么渺小，

我是大海中的一滴水；

然而，我骄傲，

我为大海所包容。

海，推动我，

我也推动海。

在风暴的袭击下，

我是波涛上飞射的水柱，
我是激流中翻腾的浪花，
我，永不屈服，
我和兄弟们一同
向风暴作决死的斗争。

风平浪静的时候，
我是一个沉默的工作者，
人们只看见无际的碧蓝，
看不见我……

任何一滴水，
都要归向大海；
离开海，
必然死亡！

我多么渺小，
我是大海中的一滴水；
然而，我骄傲，
我为大海所包容……

1949 年 12 月

选自诗集《白色花》，人民文学出版社 1981 年 8 月版

小草对阳光这样说

胡风

我从你得到了热

我的生命有了力气

我的小叶片儿青过

我的小花朵儿红过

我结了一球好种子

你是奶我的奶母

你是爱我的爱人

你是感到自己心跳的我自己

我爱过你

我爱着你

我要永远永远地爱你

冬来了

冰来了

雪来了

多么好

一片光明一片白

但我被冰封住了

但我被雪盖住了

我看不见你

也听不见你

不要紧

我心里有热

我是幸福的

冰保卫着我

雪拥抱着我

我要睡了

要睡得安静

要睡得甜蜜

要把你给我的热

完完全全流进我的根里

我会睡得很温暖

我会梦得很平安的

明年

你会把春天带来

时间到了

我会睁开我的小眼睛

我会抬起我的小脑袋

我会伸起我的小腰杆

我会笑得能够怎样天真

　　　就怎样天真

我要用青得更青的小叶片儿

我要用红得更红的小花朵儿

来看你爱你

明年

今年结的种子都会变成小生命

他们是我的孩子

当然更是你的孩子

他们会笑得

　　谁也没有那么笑过地那么天真

　　　　（连我也在内）

他们的小叶片儿会青得

　　谁也没有那么青过地那么青

　　　　（连我也在内）

他们的小花朵儿会红得

　　谁也没有那么红过地那么红

　　　　（连我也在内）

当你看到了他们

你的心就会笑醉

　　懂得了我是怎样看你听你爱你的

奶我的我的奶母

爱我的我的爱人

感得到我心跳的我自己

给我祝福吧

　　你的祝福太大了

但我也要感激地接受下来

也接受我的祝福吧

　　我的祝福太小了

但你还是会慈爱地接受过去

多么好

多么幸福

我要睡了

我要睡着了

我已经睡着了

好安静……好甜蜜……

1949 年 12 月晚看见初雪的时候，口成，在北京。

选自《起点》1950 年 1 月第 1 期

赠英雄

吕剑

一绣慰问袋，

绣一位子弟兵，

粗眉大眼真威风，

十八九岁二十零。

二绣慰问袋，

绣一朵英雄花，

大红花儿带绿叶，

战士的胸前挂。

三绣慰问袋，
绣一匹高头马，
金镶辔头银配鞍，
快马呀加一鞭。

四绣慰问袋，
绣一片红旗飘，
旗上的大字好耀眼：
"大军下江南！"

五绣慰问袋，
袋儿镶金边，
细细绣来密密缝，
丝线带儿提手中。

袋儿绣好了，
绣花人走上街，
采办些什么好礼品，
封进这慰问袋？

一买日记本，
还有"金星"笔，
立功计划先订下，
早晚学文化。

二买领袖像，

像片整一双，
有了他俩在身旁，
永远地打胜仗。

三买红绫片，
红绫四角方，
把枪擦得明堂堂，
一心呀捉老蒋。

四买白信封，
方格格印得红，
时时常常要写信，
喜报寄家中。

五买线背心，
背心穿在身，
南征万里有亲人，
打仗为人民。

礼品买全了，
快快回家转，
一件一件放进袋，
一针一针缝起来。

灯花噼啪响，
窗外大月光，

这时前线怎么样？
是不是开了仗？

嘱一声慰问袋，
快快到江南，
大军过江半天红，
去找那小英雄。

嘱一声慰问袋，
告诉那小英雄，
头一个登上南京城，
大金匾上留英名。

嘱一声慰问袋，
问候那小英雄，
他若问我的姓和名，
千万别作声。

只说小姐妹，
劳动是模范，
家住青山绿水间，
土改把身翻。

只说小姐妹，
村中当委员，
但盼南北全解放，

欢欢喜喜共建好家园。

1949 年

选自《文艺劳动》1949 年第 1 卷第 1 期

春云离婚

王亚平

封建地主太心狠

金钱买卖逼成亲，

幸喜妇女得解放，

婚姻自主大翻身。

太阳出来照农村，

农村气象一片新；

几千年的封建都消灭，

农民翻身做主人。

从前妇女受压迫，

金钱买卖定婚姻。

如今自由自主找对象，

感情不合到人民政府申请批准就离婚。

黄河边出了一件离婚案，

这事说来有原因：

男人名叫李富有，

家住上堤李掌村。

罗锅腰来莲蓬腿，

一脸麻子缺嘴唇，

头顶几根黄头发，

看来像鬼不像人。

手不能提来肩不能担，

坐在家里吃饱蹲。

见了长工佃户就红眼，

收租收息下狠心。

家有十顷挂零地，

剥削压迫害农民，

要不是他仗着金钱买媳妇，

管叫他一辈子打光棍。

女的在下堤徐家营住，

起了个奶名叫春云。

小春云手巧心伶俐，

纺花织布很殷勤。

麦天秋收去下地，

喜爱劳动好人品。

乌溜溜的眼睛黑头发，

红扑扑的脸儿小嘴唇。

身材轻灵走路快，

自个剪裁的衣服合体又合身。

头发剪到耳根下，

扎一块白地红花的新手巾。

四乡邻里夸她好，

都夸她聪敏俊秀样样过人。

可恨她家穷受苦困，

被地主收买硬攀亲。

那一天村里演大戏，

演的是迷信封建老戏文。

小春云跟着她娘去瞧戏，

也不过凑凑热闹散散心。

戏台下来了地主李富有，

他不看戏台瞧女人。

眨巴着一双母狗眼，

东瞅西斜乱找寻，

瞅来瞅去盯住眼睛望，

发现了人材出众的小春云。

回到家里把媒婆找，

定计买娶小春云。

媒婆子听罢一切话，

到徐家营找春云的爹名叫徐大新。

大新一时心糊涂，

使了他银元一百许下亲。

春云娘一口咬定不同意，

俺春云不能卖进地主门，

要卖给人家把二房做，

还不如嫁给个知心有情的好农民。

媒婆不管老两口子动吵闹，

她得意洋洋回到李掌村，

报给地主李富有，

一百块银元买成亲。

李富有挤眉弄眼哈哈笑：

"谢媒婆你给我买到个小美人，

到那天洞房花烛夜，

我请你吃酒赴筵做上宾。"

这件事轰动了四乡里，

男女老少说长道短乱纷纷：

有的说："鲜花插在粪堆上，

这一回苦煞了小春云！"

有的说："她爹糊涂心骨软，

不该爱财卖女许成亲！"

有的说："男女配婚有天意，

想是他俩生来有缘分。"

有的说："地主欺人太可恨，

仗着有钱买女人！"

议论纷纷传远近，

惊动了织布机上的小春云；

小春云忙把机子下，

叫声父亲和母亲：

"这样的婚姻我不愿，

宁愿受饥受寒嫁给一个好农民。

地主拿着女人当玩物，

欢喜了就买不欢喜的时候就扔出门。

不论他长得丑和俊，

我不嫁这样喝人血的老暴君。

谁敢抬着花轿来娶我，

抬不走活人抬死人！"

她爹死心难转意，

拍桌子跺脚骂春云：

"爹娘把你抚养大，

女大就该去嫁人，

红书下定不能改，

你死也要死到李掌村。"

春云咬牙流泪不说话，

娘陪她伤心哭泣泪涔涔；

母女哭到深夜晚，

记下了地主的仇恨海洋深。

那一天淋淋下秋雨，

一顶花轿抬进村，

年轻的春云难抵抗，

连推带拉装进花轿门。

小春云娶到地主家里去，

不说不笑汤水不沾唇，

夜里睡觉不上炕，

坐在椅子上装疯装傻人。

看见绳子要上吊，

摸着刀子要把死来寻。

李富有过来跟她亲近，

她咬牙瞪眼把命拼。

李富有举起鞭子要抽打，

皮鞭子吓不倒那小春云。

口里说："给你打死倒干净，

到死落一个清白身！"

过了三天并五日，

小春云又病又饿眼发晕。

大婆子一旁出主意，

叫声富有你听真：

"依俺看，这个媳妇不能要，

她对你抱有仇恨心，

万一黑夜把你害，

撇下俺有地没人难生存。"

李富有越听心越狠，

不如打死这个"贱种"除祸根，

直打得春云身上青又肿，

鲜血浸透衣裳襟。

她娘跑来把闺女看，

李富有瞪着眼睛不认亲，

她娘跪下身来苦哀告，

好容易带回小春云。

母女俩抱头哭个不尽，

真是天高地厚冤难申。

小春云不梳头来不洗脸，

头发乱蓬蓬的像草墩，

小脸黄的像蜡纸，

衣服不洗渍灰尘，

整天哭哭啼啼不说话，

秋天哭过又哭到春。

李富有三番五次捎口信，

要春云快回李掌村；

若想不来把二房做，

除非是把一百元的身价还给我们。

还够了身价还不算，

还总得加利加息不准差毫分！

到这时她爹后悔心意转，

万不该使钱卖女许成亲。

钢铁楔钉难更改，

一脚走错了后悔死人，

一家人好似坠进火坑难走动，

滚在火里让火焚。

忽然间县上传喜讯，

庆祝县城解放欢迎解放军，

这好比一声霹雳动天地，

召来了四乡的众农民。

紧接着减租减息土地改革，

成立农会斗争地主贫雇农闹翻身。

小春云参加了妇救会，

站岗放哨盘查歹人。

穿上了短衣和长裤，

走路说话有精神，

手拿长枪多英武，

看来好像一个解放军。

夜里小组开会学政治，

男女来了一大群，

你一言来我一语，

热烈讨论很认真。

小春云提起地主心冒火，

苦痛在身恨在心，

她说："蒋匪军地主是一伙，

勾结剥削害农民……"

指导员看她觉悟提高得快，

常给她谈论政策和新闻，

小春云一心依靠共产党，

挖掉穷根要翻身。

因此上，她领导妇女搞生产，

做鞋运粮支援解放军。

村里来把贫农团成立，

第一个报名是小春云。

小组带头斗地主，

斗倒了徐万昌和张庆春，

群众分地分屋分农具，

消灭封建有决心。

紧接着上下堤联合斗争李富有，

上万的群众涌到李掌村。

群众哭诉心头苦，

打清早直诉到天黄昏，

李富有收租、放债、强奸妇女，

勾结反动政府蒋匪军……

小春云登台诉冤苦，

像黄河洪水滔滔那样深。

她说："穷人受苦不一样，

我的苦楚为婚姻，

地主有钱买牛马，

也拿钱买我逼成亲。

剥削阶级不打倒，

妇女千年万载难翻身，

从今后婚姻不买卖，

我要和恶霸地主两离婚。"

在当场嘶啦啦来把红书撕破，

县长批准了小春云，

有权自由找对象，

找好对象再结婚。

千斤石头落了地，

小春云一路回家喜在心。

这真是土地解放人解放，

土地回家人翻身，

婚姻制度大改革，

人民政府的法律为人民。

唱罢了离婚一段曲，

这段故事到如今还流传在黄河南北、大小县城和

　　乡村。

选自《文艺劳动》1949 年第 1 卷第 4 期，最初收入曲艺集《张锁买牛》，三联书店 1948 年 10 月版

航海

绿原

人活着，像航海
你的恨，你的风暴
你的爱，你的云彩

1949 年

选自《绿原自选诗》，人民文学出版社 1998 年 3 月版

1950年

共同的一天

冯至

　　你听不懂我的语言，
　　我不了解你的思想。
全世界的劳动者，
当大家异口同音
向着共同的方向
高声欢呼斯大林——
　　我也听懂了你的语言，
　　你也了解了我的思想。

　　你不知道我的过去，
　　我看不清你的将来。
全世界的被压迫者，
当大家正在翻身，
向着共同的方向
高声欢呼斯大林——
　　人人知道了彼此的过去，
　　人人看清了共同的将来。

　　我们从来不曾有过
　　在一天里这样共同欢乐，
只因我们亲身遇到

这旷古未有的寿辰，

我们向着莫斯科

高声欢呼斯大林，

　　从此我们将永久共同

　　向黑暗斗争，向光明欢乐——

　　　选自《大众诗歌》1950 年 1 月 1 日第 1 卷第 1 期创刊号

报信姑娘 （节选）

李季

县名村名不必说它，

姓甚名谁难以访查，

人们都叫她报信姑娘，

说她是三边姑娘中的鲜花。

她的故事说来太长，

东西庄的说法都不一样：

有的说：今天她还活着；

有的说：她已死在报信的那个晚上。

像她这样的姑娘，

谁不希望她活上一百年；

不过说句实在话，

姑娘确实已经不在人间。

姑娘虽然死了，

她的名字却还活在人们心上，

放羊的天天唱着她的曲儿，

你说：这和她活着有什么两样？

一

姑娘今年几岁啦？

摸着指头算算吧：

一九三五年三边起革命，

那时她才是个五岁的女娃娃。

自从这时起，她就像

咱们边区的流水账：

革命遭难她也受苦，

革命发展她就幸福。

一九三五年冬天，白军来侵犯，

看见穷人就像饿狼红了双眼。

妈妈抱她夜夜在滩里睡觉，

姑娘的小腿儿冻得弓一样弯。

旱苗儿见雨又青又旺，

边区天天巩固，姑娘天天长。

姑娘越长越好看，

就像她家的光景一天强似一天。

虽然生在边区，却没有见过毛主席，
十七岁的姑娘，也不是共产党员。
可是，她却懂得新社会，
她知道：毛主席就是要咱们有吃有穿。

合作社主任来到姑娘家，
姑娘殷勤地擀着荞面招待他，
红着脸说了一句心里话：
"借一架纺车，我也纺棉花。"

不怕黑夜长，不怕太阳慢，
姑娘的纺车，一天摇到晚。
过路的脚户笑着说：
"小小的姑娘胳膊倒不短！"

不是姑娘胳膊比人长，
是她的心思和人不一样。
小小脑袋打的小算盘：
她也要当个劳动英雄上延安。

乡长指导员骑着大白马，
喜气洋洋地来到姑娘家。
不是来组织变工队，
也不是来把妇纺工作检查。

干部们不光为群众生产操心，
今天他们也来当起媒人。
姑娘的父母想得周到，
从地里叫她来一起讨论。

不要看她在妇纺会上敢说会道，
今天却也羞红了脸蛋，
拧着衣裳角含羞带笑，
眼看着地下开腔发言。

"咱是个拐腿女子，
本来不该把人挑选；
不过，这是我一辈子的大事，
我也要说点意见。"

"如今咱们是新社会，
只论劳动不讲银钱，
我只想：两人都是好劳动，
做个榜样给全乡人看看。"

老乡长喜欢，指导员笑，
大拇指举得比头高：
"到底是咱新社会的姑娘，
几句话把人喜得心里发痒。"

指导员从门外领进来一个青年，

谁还不认得，这个全乡有名的基干连长。

虽然今天他特别换了一身新衣裳，

姑娘认的清呵——春秋两季都在一起开荒。

姑娘一闪身向外溜跑，

屋子里连扫帚也在欢笑，

笑着这新社会的订婚礼，

笑着这一对青年人配得这么好！

二

…………

五

过了黑夜，草原东边总要出现一颗太阳，

严寒过去了，鸟儿照例最先歌唱。

第二天，满山遍野开来了解放军，

人人都在传说着昨夜死去的那个姑娘。

人们说那个侦察员就是姑娘的未婚夫，

没有他带回去的情报就不会有这个大胜仗。

可惜我们的姑娘已经英勇牺牲，

她再也不会知道她救的正是自己的基干连长。

姑娘的父母含着眼泪，
村里人都来帮助埋葬。
边区的黄土埋葬咱边区人，
带露的草原也把泪淌。

乡长指导员也匆匆赶到，
边哭边走的是基干连长。
像是姑娘还没有死，
乡长呜咽着说："你是咱边区的好姑娘！"

姑娘的未婚夫哭得那样伤心，
这哭声，能把一块石头变软。
第二天，他报名参加了野战军，
和他同去的还有村上的六个青年。

从此后，草原上到处流传着她的故事，
从此后，姑娘的名声传遍四方。
母亲们怨恨自己没有一个这样的女儿，
姑娘们把她记在心里当做榜样。

草原上的人们最爱唱歌，
不会唱歌就算你不会生活。
姑娘的故事也被编成歌曲，
和那些古老的民歌一样四方传播。

有一支民歌中说姑娘并没有死，

是她给解放军带路，一直把马匪军撵在黄河边上。

另一支民歌说她已经结了婚，

和她救出的那个侦察员，我们的基干连长。

千百支民歌，万千的人儿唱，

每一支民歌都在歌颂着我们的姑娘，

每一支民歌都说姑娘并未死去，

都说她还活着呵——她将永远地活在人们心上！

1949 年 10 月革命节

节选自《人民文学》1950 年第 1 卷第 6 期

树林里

戈壁舟

绿茵茵的青草坪，

绿茵茵的小树林；

绿茵茵的树林里呀，

人都穿得白生生。

大炮在大川里轰轰的响，

敌机擦着树林呜呜地吓唬人；

绿茵茵树林里的人呵，

还是和绿茵茵的树林一样静。

消毒灶前还是有人在烧火，

护士上药还是那样的细心，

白帐篷里也没有乱，

只听见动手术的刀剪声。

眼看一批担架又来到，

顺着山根快进小树林。

选自《人民文学》1950 年第 1 卷第 6 期

给美国帝国主义者

冯至

看你们扶持的傀儡，

哪一个还有点人像？

你们派出来的士兵，

一个个都神情沮丧。

你们以为——

搬来些飞机坦克，

便可以侵略朝鲜；

派遣一个舰队，

便可以抢走台湾；

霸占了安理会，

便有了侵略的根据；
邀几个帮凶，
便可以鼓起勇气。

但是你们如今——

飞机在雾里飞，
坦克在泥里走；
舰队在"巡逻"，
是寻索自己的坟墓；

安理会没有中苏，
就是强盗聚义场；
帮凶们各怀鬼胎，
哪肯陪着你们打败仗？

我们写诗——

歌颂英勇的人民，
有最崇高的语言；
但诅咒无耻的恶棍，
要用最丑恶的字眼。

你们无耻地奸污了
那座可怜的"自由神"——
这是惠特曼的后代吗？

这是希特勒的儿孙！

选自《人民文学》1950 年第 2 卷第 4 期

红色信号兵

丁芒

在祖国蓝色的海洋上，
人民的军舰在威武地驰行……
那桅杆上飘着一面红旗，
红旗下站着一个水兵。

雪亮的眼睛望着天边，
他像狮子一样雄壮庄严。
两根飘带布噜噜叫，
金色的水光照着他的脸。

信号兵来头可真不小，
为人民立过汗马功劳。
这小伙子曾紧跟着党，
暴风雨里锻炼成钢。

军舰不分昼夜地前进，
他的眼光也在大海中航行，
假如一艘船从远方出现，

他总得把它的来踪去迹问清。

信号兵知道自己的职守
——他是人民军舰的眼睛！
无论是灯号、音号、旗号，
每一个字码都像自己的生命！

为了海战中能够消灭仇敌，
为了祖国的海洋辽阔无边，
为了他和军舰的荣誉，
他总是早起晚睡苦学苦练。

看那结实的身躯站得多牢，
在浪头上颠着不动分毫。
红白旗儿布噜噜叫，
金色的水光照上他的眉梢！

1950 年 6 月

选自《人民文学》1950 年第 2 卷第 5 期

滚出去，美国侵略者

严辰

那遍野黄金的稻子，
那满山黄金的苹果，

不是为白宫的筵席生长；

那优美的东方舞蹈，

那抑扬深情的歌曲，

不是为华尔街商人演奏。

滚出去，美国侵略者！

这一切和你们毫不相干，

这一切都归朝鲜人民所有！

谁离开了这肥沃的土地，

建设起城市和农村？

谁在铺修幸福的道路，

奠定了民主和自由？

滚出去，美国侵略者！

这一切和你们毫不相干，

这是朝鲜人民的劳动创造，

这一切都归朝鲜人民所有！

呵！从苦难里站起的人民，

只有你们才懂得，

爱和恨的意义，

懂得血和眼泪的价值，

懂得怎样为神圣的祖国战斗！

滚出去，美国侵略者！

你们还没有尝够滋味？

是谁碰得那样头破血流！

从天空到海洋，

从正面战场到敌后，

每一棵小草都上了武装，

每一块石头准备着复仇；

到处是英勇的人民军，

到处是神奇的狙击手。

犯了"吃惊病"的美国兵，

赶快滚出朝鲜去！

这里不是你们梦想的第四十九洲。

前进，朝鲜人民军！

在你们背后，

有全世界爱好和平的人民，

在你们前面，

美国侵略者已经发抖。

前进，朝鲜人民军！

让杜鲁门去祷告上帝，

让麦克阿瑟去日夜发愁；

没有谁能阻挡你们，

胜利的旗帜一定要插到济州。

选自《大众诗歌》1950 年第 2 卷第 2 期

追求

覃子豪

大海中的落日
悲壮得像英雄的感叹
一颗星追过去
向遥远的天边

黑夜的海风
刮起了黄沙
在苍茫的夜里
一个健伟的灵魂
跨上了时间的快马

1950 年 8 月

选自《自立晚报·新诗》周刊，1951 年第 6 期

我漫步在天安门广场上

朱子奇

十月的早晨，晨光吻着耀眼的红墙，

和暖的秋风抚摸着行人底面庞。

欢乐的人群来了！带着敬意迈入广场，

波涛的人群来了！充满热忱涌进广场。

轻快地行走着，自由地呼吸着，

我漫步在天安门广场上……

早安呵，我们伟大祖国底心脏北京！

早安呵，辉煌壮丽的人民宫殿天安门！

我激动地漫步在天安门广场上，

我觉得我是前进在英雄和凯旋的广场上。

当眼看到五星红旗在这天空飞舞时，

当眼看到欢腾的人马从这路上开过时，

我仿佛瞧见了"五四"的大旗飘在跟前，

我仿佛瞧见了"一二九"的大队冲过身旁。

敬礼呵！这无数先烈用鲜血铺平的广场，

敬礼呵！这毛主席宣布祖国诞生的广场。

高唱着我最喜爱的十月的歌，

我激昂地漫步在天安门广场上。

头上是晴朗的天空——天空蓝盈盈，

脚下是平坦的大路——大路亮堂堂……

在这空中飞翔的每只鸟都展着快活的翅膀，

在这路上行走的每个人都浴着幸福的阳光。

快来哟，到这民族平等的广场上来！

快来哟，到这国际友爱的广场上来！

　　"生活好啊，同志！"人们互相亲切问候，

人们举起主人底步子，伸出热烈的手。

从隆隆的车间和机器旁来的工人在行走，

——那古铜色的脸蛋儿堆满劳动的微笑；

从丰收的田野和山地里来的农民在行走，

——那白头巾的英雄结结两边翘；

水兵在行走，两根波浪的帽带带迎风飘，

空军在行走，一颗雄鹰的帽花金光闪耀……

　　你看！那面部宽大浑身是劲的蒙古人，

那戴白瓜圆帽穿青布短袄的回族人，

那头裹花绸脚踏花鞋的藏族人，

那浓眉黑发留着山形小胡的乌兹别克人，

那身着柳条条长衫的维吾尔人……

那无数从远道而来的我们各族人民之花呵，

他们兄弟似的并肩从广场上过去了！

他们兄弟似的携手从毛主席巨像下过去了！

　　迎面吹来一阵阵温柔可爱的十月的风，

迎面走来一群满面笑嘻嘻的国际友人——

这打头走着的不是世青联书记布加拉吗？

这不是荣获过列宁勋章的苏联人赛米恰斯尼吗？

这不是和美国强盗搏战过的朝鲜英雄金宗焕吗？

这不是和法国侵略者撕杀过的越南勇士武春荣吗？

欢迎你，这一朵朵美丽的世界青年之花呵！

欢迎你，这一个个坚强的和平事业的保卫者呵！

　　哦！我不知道世上有什么能赛过这欢喜？
我不知道一生中还有比这更幸运的事？
当我漫步在这十月的天安门广场上，
当我在这广场上看见了我们的毛主席。
为庆贺全民节日排列在光辉的国旗下呀，
为祖国未来创造更美好的和平日子，
毛主席，我们在神圣的红色宫殿前宣誓，
毛主席，我们把珍贵的青春和生命献给你！

　　踏着像火炉一样热烘烘的太阳光，
我跨开大步行进在天安门广场上。
胸前挂满奖牌牌的战斗英雄从左边走过，
胸中戴着大红花的劳动模范从右边走过，
挂灯结彩的车辆兴奋地奔跑着，轰鸣着，
高歌狂舞的队伍尽情地欢呼着，前进着，
前进！勇敢的毛泽东时代的孩子们！
前进！光荣的中华人民共和国的公民！

　　十月的早晨，晨风吹动杨槐树沙沙响，
宽阔的长安街上人声车声热闹喧嚷……
这时，年老人领着他心爱的儿孙们走来，
这时，朋友和情人亲密地谈笑着走来，
我知道机器房里的工人已开始加工哩，
我知道苏醒的庄稼地上的农民正在收割哩，
早安呵，我们伟大祖国底心脏北京！

早安呵，辉煌壮丽的人民宫殿天安门！

1950 年 10 月 3 日于北京，10 月 20 日改

选自《人民文学》1950 年第 3 卷第 2 期

我愿做一颗小小的螺丝钉

穆仁

我愿做一颗小小的螺丝钉，

任便把我放在哪儿，把我旋紧；

不管那儿是有力的起重机的手臂，

或者只不过是一个简简单单的车轮。

把我放在那儿，把我旋紧，

我将在那儿安安心心地固定，

也许人们不注意我底存在，

但我知道：在大的机器的呼吸里，

同时也颤动着我，小小螺丝钉的生命。

即使自己不是一部独立的机器，

即使自己不曾单独地工作，

　仍然会对祖国和人民一样地有利，

我知道：如果把我自己扔在一边，

我将只是一块发锈的废铁，不会是别的。

我愿做一颗小小的螺丝钉，

任便把我放在哪儿，把我旋紧；

我将感到满足：在雄伟的大合唱里，

　　我惊喜地听见自己火热的声音。

　　1950 年 7 月，重庆

　　选自《人民文学》1950 年第 3 卷第 3 期

王业俊互助组

白夜

提起王业俊互助组，

什么人都夸奖：

一共十三户人家，

一天比一天兴旺。

黑青青的早上，

天上还有星星，

王业俊扛了锄，

走过家家大门。

"下田啊，下田！"

于是家家门里，

出来家家的人，

　　老人扛了锄，

　　青年拖了耙，

姑娘也跟着

拎起了粪笆。

你跟我家种地，

我跟你家种地，

一大家子，

和和气气。

东方明亮，

田中央飘扬着

互助组的红旗。

组里的巧手姑娘，

绣上了几个字。

女的跟男的说话，

男的跟女的说话，

真像姊妹兄弟，

谁也不跟谁避忌。

比一人孤嘴孤寞①的忙，

也不知有多少快当。

一阵突击完了，

大家向路边一坐，

擦火吃袋烟，

开个地头会议：

谁落了后，

———————————

① 一个人干活寂寞的意思。

谁上了前，

哪个卖力，

哪个耕的不上线。

忙时一天开次碰头会，

闲日几天开一回，

亮月地里，

豆油灯下，

人凑了一大堆，

小组长抱了竹成子①，

评判委员一边评工。

——你做一清早，

      三成子；

    我做半天工，

      五成子；

    他劳动英雄，

从早到晚没下工，

收割那槎口又好，

快得像活虎生龙，

给他十二成子。

早来加成子，

迟来扣成子，

这制度大家都满意。

---

① 计算工作日与劳动力的一种办法。

他们都顶真，

一星一花全记分明，

一件一样记得清；

哪个整劳动，

哪个半劳动，

哪家牛出了工，

一桩一桩结账，

事情这样办得通。

回回做活前，

都明白分工，

男的女的，

大家没矛盾，

不指桑说槐，

拌嘴抬杠。

他们领了竹成子，

没有委屈，

自然也没有怪话。

铜烟袋头一星火，

照见脸上笑开花。

回来有意见大家提：

你说他工做不好，

他说你刀收不齐，

我再来批评自己。

大家高高兴兴，

有话当面讲，

莫向背后提，

村支部书记笑道：

"我们不犯自由主义。"

田里一有活，

大家抢耕抢锄。

农忙一过，

就纺纱织布，

　　养牛喂猪，

这叫零钱聚整钱，

好一条门路。

不说旁人，

像王化正家，

他家里没有劳动力，

就纺纱来挣钱，

抵耕种工资，

　　换人工，

　　换牛工，

事情直截了当。

再也不像

过去那样，

没牛户求哥拜姐。

今年送灶晚上，

他们改名叫翻身节。

小组里开了会，

总结一年工作，

又作出了新的计划。

还不到一年光景，

看庄南新分的土地，

下了多少肥，

耕了有多深，

一片庄稼青艳艳，

多惹人欢喜!

合砌一口新砖井，

吊出水碧碧青。

场边车棚底下，

一挂牛车簇崭新。

门口草堆结结实实，

家中满仓过囤。

轧棉机在一旁响，

那织布机上，

又坐着谁的新娘?

全庄上，

家家丰衣足食，

个个笑上了脸，

　　喜上了心。

王业俊互助组，

它红遍了泗阳，

它还要更红，

还要更兴旺。

1945 年 10 月

选自诗集《十里风光》，新华书店华东总分店 1950 年 10 月版

红旗飘扬在鸭绿江上

高兰

解放的鲜花

开遍了鸭绿江的两岸；

鸭绿江上，

正红旗飘扬！

鸭绿江，

多么美丽的鸭绿江！

这边是

人民的中国胜利的歌声

永远歌唱；

那边是

民主的朝鲜正燃起了

解放的火光！

鸭绿江，

多么美丽的鸭绿江！

你是被奴役被压迫的东方

革命的一道桥梁；

你是我们两个亲兄弟

共同的一条臂膀；

谁来侵略我们，

就把谁消灭在战场！

我们肩并着肩，

心连着心，

膀靠着膀，

反对美国侵略者，

我们有无敌的力量！

毛泽东！

金日成！

是两面胜利的大红旗，

永远飘扬在鸭绿江的两岸，

永远飘扬在鸭绿江上。

选自《大众诗歌》1950 年第 2 卷第 5 期

美国流氓们，你们听着！

袁水拍

这哪里算得上什么军队！

这完完全全是一批流氓、匪徒、赌棍！
把朝鲜人民当作活靶子，把爱国者成排吊死，
把妇女当作赌注，拍卖，屠杀，奸淫。

不错，这的确也是执行命令。
赌棍头子说："伙计们，拿下汉城，
我容许你们三天行动自由，哈哈哈……"
野兽——只有用发泄兽性来鼓舞进军。

这哪里是什么"自由"、"民主"、"文明"的国家，
这十十足足是一座刽子手统治的集中营。
什么总统！——还不是管理特务的特务头！
什么将军！——还不是希特勒、东条的徒子徒孙！

第一步朝解，第二步"满洲"，再是中国，全世界，
田中义一的阴谋丝毫没有翻新。
但是朝鲜翻新了，中国翻新了；
新的东方再不让流氓横行。

美国流氓们，这是我们神圣美丽的国土，
每一尺，每一寸，都不准魔鬼的爪子蹂躏！
中国人民在这块土地上生长、劳动和奋斗，
一块砖，一片瓦，都是我们的血汗所凝成！

美国流氓们，匪徒们，赌棍们，特务们，刽子手们，
你们听着！这是中国人民的警告，

这是四亿七千五百万人并成一个的吼声：

"保卫世界和平！保卫祖国安全！"

"和平不准破坏！中国不准侵犯！

不准！不准！不准！不准！

谁要是敢来碰一碰，

谁一定要碰得头破血流，粉骨碎身！"

1950 年 11 月 5 日

选自《人民日报》1950 年 11 月 5 日，又载《文艺报》11 月 10 日

算命瞎子

余光中

凄凉的胡琴拉长了下午，

偏街小巷不见个主顾；

他又抱胡琴向黄昏诉苦：

空走一天只赚到孤独！

他能把别人的命运说得分明，

他自己的命运却让人牵引：

一个女孩伴他将残年度过，

一根拐杖尝尽他世路的坎坷！

1950 年 11 月 8 日

选自《余光中诗选 1949—1981》，洪范书店有限公司 1981 年 8 月版

北京是这样的一个地方

徐朔方

有一个地方我没有到过，
不知为什么这样想她！
一心一意要为她歌唱，
我没有这样歌唱过我的家乡。

祖国远远近近的城市数不完，
祖国大大小小的村庄千千万，
处处地方是歌声与歌声相连，
你知道哪一个地方迷了我的心?

美丽的平原大海和高山，
迷了我的眼睛迷不了我的心，
只有毛主席住的北京城，
日日夜夜迷了我的心。

千万扇门窗在阳光下面开放，
走出来的青年和花朵一样，
千万面红旗在蓝空中飘扬，
红旗下面的北京城多么漂亮！

毛主席住在北京城，

在他慈父一样的心里，

想到南方的海滨有我也有你，

五万万人的福利在他的心里。

毛主席住在北京城，

五万万人想起了北京城，

远远的好像在天边，

近起来又像是在眼前。

我的心飞到那里一天飞三趟，

我想到她的时候一次想三遍，

北京是这样的一个地方，

我怎么能够不为她歌唱？

1950 年 12 月 18 日

选自《人民文学》1951 年第 3 卷第 4 期

窗口

牛汉

一个从朝鲜前线回来的老乡说：

在清川江两岸的村庄里，

敌人，不论白天或黑夜，

从来也不敢从窗口走过。

窗口，

是为了心爱的人们打开的，

是为了祖国打开的。

从前，在窗口，

祖母缝着衣裳，

妈妈在这里望着爸爸从田野回来，

年轻人唱着歌从窗前走过，

风吹进来，阳光照进来……

窗口，

不是为敌人打开的；

窗口，

就是枪眼。

窗口里

站着游击队的瞭望哨。

——房里

正在紧张地开会呢，

因为中国人民志愿军，

今天早晨来到了。

1950 年 12 月

选自《人民日报》1950 年 12 月 31 日

前进的号声

张志民

战士出征去，
千里来送行，
车站上红旗遮满天，
人山人海挤不动，
都想上前见见面，
都有话儿要叮咛，
鲜花插满车，
手儿都握疼。

是谁举着一盆花，
从人缝里往前拥，
不知那是什么花，
大雪天还开得那么盛，
像是一盆红芍药，
真是越瞧越水灵。

到底那是什么花？
走到跟前才看清，
分明是个小姑娘，
身上披着红斗篷，
她伸着小手，

扑向那战士的怀中，

灵巧的小嘴，

说着她的姓和名：

"我叫'幸福'

弟弟叫'和平'。"

姑娘的名字，

牢记在战士的心中，

姑娘的眼睛，

使他的热血沸腾，

他亲吻着姑娘的小脸，

列车上吹起了前进的号声。

1950 年冬。

选自《人民文学》1954 年 4 月号

青鸟

蓉子

从久远的年代里——

　人类就追寻青鸟，

青鸟，你在哪里？

青年人说：

　青鸟在丘比特的箭簇上。

中年人说：

　　青鸟伴随着"玛门"。

老年人说：

　　别忘了，青鸟是有着一对

会飞的翅膀啊……

　　　1950 年

　　　选自《蓉子诗选》，中国社会科学出版社 1995 年 4 月版

碎镜

蓉子

谁知我们能登陆明天——

明天与明天　是丛生在我们航线上的

一些不知名的岛群！

哦！从碎裂的宁静里：

有多少散光的投影？有多少琐碎的分尸！

有多少海在域内，溺毙了颜色的形象?！

（从满坛杂色的鸡尾酒

我如何能一掬醇芬！）

总是零　总是负数

总是逆风而行

且不住地死亡

这种持续的死，使我衰弱！

日子是跛脚的

因在不甚透明的夜里

我不悉你的笑容属于哪一种花卉

我仅知我丢失了　啊！太多

每当风声走过

就落下很多尘的波影　很多梦的虚幻！

1950 年

选自《蓉子诗选》，中国社会科学出版社 1995 年 4 月版

1951 ^年

打靶

吕松

上年打靶，
一心想当个特等射手，
戴朵大红花。
"蹦趿，蹦趿"，
结果——
三枪飞了两发。

今天打靶，
忘了当特等射手，
忘了戴红花，
就像瞄准了，
蒋介石的脑袋瓜。
"叭，叭，叭"，
三枪二十九环，
我心里像开了花。
我脸上笑哈哈。
瓷盘大的一朵红花，
在我胸前挂。

选自《解放军文艺》1951 年第 1 卷第 1 期（创刊号）

不准武装日本

沙鸥

一

激荡的嘉陵江边，
耸立座高大的城市，
它的地皮会被炸翻，
断柱残壁涂满鲜血。

江水翻腾的咆哮，
漂着尸身和灰白的死鱼，
今天，十岁的儿童，
那时的惨景都能记忆。

"敌机来了，乖乖，莫哭！"
防空洞黑压压一群人，
一片愤怒的沉默，
飘着母亲的低语。

我们把包袱摆在身边，
常常和衣而睡。
警报在天空怒吼，
月光照着匆忙的行人。

很多初生的婴儿，

在母亲怀里闷死。

老人们满嘴唾沫，

拖得上气不接下气。

二

那八年的血海深仇。

像把尖刀横在心胸，

死难者的血液，

还在我们的眼前跳动。

谁没有听到：

南京城里哭声震天，

三十几万条生命，

日寇残酷的当作"杀人竞赛"?!

谁没有看见：

婴儿被抛在室中，

日本兽兵举起刺刀。

等候着他的降落?!

就是那把刺刀，

又戳穿几个孩子的脚心，

用绳子倒挂在树上，

让乌鸦把他们啄食。

鲁南苏北一带，
抗日英雄吃草根树皮，
但是，不让敌人喘过气来，
狠狠的打击敌人。

砍断敌人的电话线，
把炸药埋在铁路底下，
冲过密层的封锁，
黑夜里拖走鬼子的枪。

"抗日救国十大纲领"，
给人民无比的力量。
那是胜利的曙光，
照在每个人头上。

红色的延安，
是一座灯塔又高又亮的，
全中国人民望着那儿，
像众星捧着月亮。

　　　三

十二年的艰苦斗争，
铁柱磨成了绣花针。

赶走了最凶恶的敌人，
赶走了帝国主义宠爱的蒋介石！

人人歌唱"东方红"，
毛泽东思想领导着我们，
新的在发芽滋长，
旧的在逐渐死亡。

千万万匹马达开动，
唱出愉快的歌声，
像战士爱护他们的战马，
工人守卫着自己的机器，

土改后的农村，
农民们喜气洋洋，
辛勤的耕种，开垦，
空气里散出芬芳，

面孔红润的儿童，
在幼稚园跳跳蹦蹦，
他们的父母眉笑眼开，
努力工作，祝福祖国。

修补着战争的创伤，
让大地恢复原来的平静，
和风沙沙穿通树林，

抚摸着疲倦的身体。

　　　　四

但是，美国强盗，
气汹汹的想再来抢劫，
贪婪燃烧起它的阴谋，
再想武装日本鬼子。

一百年以来，
它就是中国人民的死敌，
每一次日寇的屠杀，
印着花旗牌的指纹。

青脸獠牙的美国强盗，
滴出了吃人的涎水，
那"二十一条"和"蓝辛石井协定"中间，
冒出它的一股血腥。

一连串的阴谋，
像一条时隐时现的毒蛇，
但那翘起的蛇头，
总是朝着中国。

在我们抗战的初期，
它会把炸弹运往日本，

用一种"不承认主义",
掩盖它的罪恶行为。

它嗜好侵略,
天天在乱打主意,
温习了田中义一的奏章,
涌起"片面媾和"的野心。

美国籍的日本"天皇"
抓着吉田茂这个侵略工具,
想挽救华尔街的末日,
将人类拖入战争!

它想灭亡朝鲜,
侵占中国的土地,
碰一碰伟大的苏联。
蹂躏全世界的人民!

五

当我们正在建设,
欢迎幸福的岁月,
躺在日本海底的战舰,
就被魔手偷偷的捞起。

难道八年的艰苦抗战,

那时间白白的耗费?

千万条以上的生命,

没有代价的牺牲?

"不能!""不准武装日本!"

当时惩罚日寇,

苏联红军洒出了热血,

全世界父母淌了多少眼泪!

好容易打垮日本!

好容易写成"波茨坦协定"!

好容易孩子们长大!

好容易有晴朗的天日!

大地的血迹未干,

她的创口还没有痊愈,

一百年的侵略梗在心头,

今天绝不能容忍!

六

摊开那篇血账,

愤怒像火焰燃烧,

亿万人举起拳头,

猛烈的像火山爆发!

但是，毛泽东思想，

教育我们沉着应战，

每个人走上岗位，

保护祖国的花园！

忠诚的爱国公约，

像雪花满天飞舞，

勇敢的劳动人民，

纷纷的生产立功！

机器和铁锤，

昼夜不停的响着，

镰刀和锄头，

在阳光底下闪烁！

男女老幼伸出手掌，

让生产品堆成高山，

年年大丰收，人壮马也肥，

这里一草一木不准强盗拈动！

七

一片怒海滚滚，

吼声震动山岳，

游行示威的队伍，

像千千万条游龙！

"粉碎美帝国主义的新阴谋，

不准武装日本！"

这一个城市在高呼，

那一个城市立刻响应！

红旗呼啦啦飘，

汇成翻天覆地的巨浪，

冲击着美国强盗的破舟，

不准它靠近祖国的海岸！

八

"战争不是不可避免的！"

亲爱的斯大林同志，

在克里姆林宫，

发出了这伟大的指示！

爱好和平的人民，

望着莫斯科和北京的天顶，

两道彩虹放出光芒，

鼓舞着他们的斗争。

法国的铁轨上，

躺着一个褐色浓发的姑娘，

她用她的身子，

阻碍侵略军火运到前方！

希腊监狱的墙壁，
拦不住爱国战士的热情，
他们纷纷伸出手来，
在和平书上签名！

设菲尔德工人，
欢迎第二届和平大会，
那伦敦的迷雾，
笼罩不住那些赤心！

西德的人民拒抗着，
反对穿上美国军衣，
不准在刚刚醒来的土地上，
让希特勒借尸还魂！

谁也痛恨帝国主义！
马其顿铁路工人抗拒为它搬运，
在铁托走狗的"国家"里，
也写满："保卫和平！"

菲律宾，马来亚，越南……
用枪，用语言，
用一切拿得到的武器，
打击战争贩子！

罢工，示威！
日本人民举起反抗的大旗，
那摆在码头上的军火，
他们用冷眼怒视！

连日本的资产阶级，
也悲哀的摇头叹息，
担心那受伤的小岛，
会在战海里沉灭！

侵略朝鲜的美国兵都哭了，
他们厌烦的躺在战壕里，
像堕入一场恶梦，
永远没有休止！

麦克阿瑟之流，发抖吧！
全世界人民团结起来了！
我们要粉碎美帝国主义的阴谋，
不准发动侵略战争！

是时候了，我们叫它
从台湾和朝鲜的海岸，
快些滚回海洋那边，
滚回华尔街兽圈！

是时候了，我们叫它
快快实现"波茨坦协定"，
缔结全面对日和约，
让世界人民得到安宁！

我们打垮了蒋介石，
吉田茂也一定垮台！
是时候了，敲醒那批匪徒，
不要做侵略的梦！

要求和平的声音响遍全球，
亚洲人民正在怒吼：
"不准武装日本，
粉碎它，粉碎美国强盗的新阴谋！"

　　　　1951 年 3 月 15 日
　　　　选自《人民诗歌》1951 年第 2 卷第 2 期

嫂子回娘家

高加索

红包袱，包棉花，
嫂子提着包袱一人回娘家。
嫂子呀，女子呀，
往日回娘家你都要哥哥送，

怎么这次变得胆子大?

嫂子开始羞答答,

回头说了真心话:

"打扫了灰尘,

房子干净啦!

捉拿了反革命,

路上平安啦!

如今特务恶霸一镇压,

我走遍全国都不怕!"

选自《人民诗歌》1951 年第 2 卷第 4 期

走进苏联的国界

冯至

（从满洲里走入苏联国境的第一站是鄂特帕尔。1951 年 7 月里的一天，中国、朝鲜、越南出席第三届世界青年与学生和平友谊联欢节的青年代表团在这里和当地的苏联人民过了一个快乐的下午。）

在人类的历史上

从来没有过这样和平的国界；

旧世界的那些国界是多么阴暗，

两边对立着猜疑、陷害和警戒。

如今这里的国界却是这样温暖，

我在那边迎接了你，

你在这边迎接了我，

使每个离开他的祖国的人

都像走到了另一个可爱的家乡。

原来这座小小的车站，

在地图上都找不到它的名字，

如今它却一天天地生长，

房屋在增加，树木在增加，

握手的次数、挥手的次数在增加……

北京来的，莫斯科来的，

都从这里经过；

它把这些人接下来，又送过去，

送到广大的、友谊的海里。

今天，毛泽东的青年、

金日成的青年、胡志明的青年，

几百个青年同一天来到这里。

当他们从火车里走出来，

第一脚踩到这里的土地，

哪一个心里不在激动地跳，

哪一个脸上不堆满了欢笑，

哪一个不觉得自己是幸福的人——

走进了第一个社会主义国家的门口。

车站上忽然来了这么多新的客人，

每个主人的心里也在激动地跳，
每个主人的脸上也堆满了欢笑，
没经过几分钟的惊讶与生疏，
主客便成了最熟的朋友。
会打球的，有球来迎接；
会跳舞的，有舞来迎接；
会唱歌的，有歌来迎接；
不同的语言唱出共同的歌调。

主人越来越多，
我们几乎不能相信，
围绕着这小小的车站
住着这么多的居民。
老人也走来参加跳舞，
小孩也跑来参加唱歌，
在每段舞、每支歌中断的时刻，
抬头看墙上的列宁和斯大林的像
流露出博大的、慈祥的微笑。

在领导十月革命的领袖的像前歌舞，
在建设社会主义的领袖的像前歌舞，
这是苏联人民的幸福，
这是战斗的、胜利的、解放了的
东亚的青年的幸福；
舞蹈和歌唱到了最热烈的时刻，
每个人都深切地感到，

这小小的车站每秒钟都在生长，

这和平的国界每秒钟都在延长。

1951 年 7 月

选自《新观察》1951 年第 3 卷第 8 期

闻歌

覃子豪

雨底歌唱出了海底寂寞

谁人的歌道出了我底寂寞

今夜，我从遥远的海上回来

我怀念着

不知道有没有人等我？

我是从海外荒岛上回来的

歌啊！你是从哪里漂来的？

今夜，我回到久别的城市

我怀念着

不知道有没有人等我？

让雨落着

让歌唱着

让我怀念着

我回来了

不知道有没有人等我？

1951 年 8 月，高雄

选自《覃子豪诗选》，文艺风出版社 1987 年 3 月版

路哨上的姑娘

刘岚山

公路弯弯曲曲伸向前线，
路旁站着一个朝鲜姑娘，
她的眼睛瞅住天空，
她的手里握着转盘枪。

不分白天和黑夜，
她站在松棚前面，
露水打湿了她的裙子，
太阳晒红了她的脸。

她有时向天空放一枪，
把信号传达给前方后方，
叫汽车关住灯，
让敌机找不到目标。

蓝雾时常把她掩护，
不让敌机发现她的影子；

敌机时常盘旋在她的头上，

她也不离开那座松棚。

她有时哼着"阿里郎"

松鼠也竖起耳朵听她歌唱，

她心里怀念着一个战士，

他正战斗在三八线上。

她好比是挂在路边松梢上的星星，

看护着川流不息的车辆。

让我们为她深深地祝福：

这战斗在英雄国土上的姑娘。

　　　　1951 年 8 月，武陵里

　　　　选自《解放军文艺》1954 年 5 月号

大进军（节选）

胡征

第二章：跨越泥海

一　泥巴的海

黄泛区挡在我们面前，

一步一个困难，

我们要前进，
困难不让我们前进。

黄泛区，
是蒋介石的毒手制造的
中原土地上最大的创伤，
三十二万人民的生命财产，
十年前，
在这里被他埋葬！

十年前，这里是
小麦丰收的地方，
绿苗铺满地，
遍野有花香，
大路交叉着小路，
村庄接连着村庄。

十年来，
这里奔腾着
几千里的滔天大浪，
现在剩下的是：
一片泥巴的海，
一片荒凉！

泥巴的海：
零落的沙滩像荒岛，

起伏的泥坝像波涛，

海边没有一个渡口，

没有一座桥，

没有一条航行道。

古廊的断墙上，

留着大浪的痕迹，

白杨树的枯枝上，

挂着干了的水草，

听不见鸡啼，

听不见狗咬，

有夜风在天空呼号……

泥巴的海，

看不见底；

泥巴的海，

望不见边；

从北岸到南岸，

没有村庄，

没有灯火，

没有人烟，

一股腥气扑上脸，

人要通过，

难如上青天！

二　不能前进

泥巴的海，
阻止我们行军，
黄泛区的困难，
不让我们前进。

黄泛区的白天，
不断有敌人的飞机，
不让我们前进；
黄泛区的黑夜，
不断有狂风暴雨，
不让我们前进。

白天太阳晒烫了泥巴，
像热锅里的稀饭，
不让我们前进；
黑夜看不清深浅，
到处都有陷坑，
不让我们前进。

有特务暗地造谣，
说浅滩里藏着地雷，
说深坑里藏着冤鬼和神兵，
不让我们前进。

有爱讲怪话的战士，

说宁愿过雪山草地，

不愿走这路，

说唐僧取经到这里，

也要打寒噤，

说蒋介石的百万人马保险能打垮，

这泥滩没法前进。

派出三个侦察员，

有两个没有向导领路，

一去不复返，

活着的一个回来说：

"不能前进！"

派出一辆探路的吉普车，

走了五百公尺，

开进了陷坑，

越挣扎越往下沉，

司机满脸泥巴，

空手回来报告，

"不能前进！"

没有向导领路，

不能前进！

向导太少了，

不能前进！
不是集体行动，
不能前进！
没有战胜困难的胆量，
没有征服一切的雄心，
根本不能前进！

　　三　硬要前进

中央来了电报，
鼓励我们前进，
首长来了命令，
指导我们前进，
四周来了人民，
帮助我们前进。

黄泛区南岸的人民，
顺着最浅的地方，
往北插一路标杆，
迎接我们前进；
黄泛区北岸的人民，
从几十里外赶来，
连夜集结在沿岸，
引导我们前进。

年青人到处喳呼，

寻找对象挑战，

互相提出保证，

护送我们前进；

老头子挥着烟管，

指点沿路情形，

开始脱掉衣服，

带领我们前进。

前进呵，前进呵，

我们在天大的困难面前前进！

我们在别人不能前进的地方前进！

前进呵，前进呵，

我们硬是要跨过：

鸟不飞兽不走的

一百八十里的稀泥地带，

我们硬是要创造：

历史的奇迹，进军的奇迹，

向预定的目标前进！

前进呵，前进呵，

这里是个谜，

我们要把谜底踏破！

这里有地雷，

我们要把它取出来！

这里有"神兵"，

我们强迫它缴械！

这里有冤鬼，

我们要给它伸冤！

这里是地狱，

我们要把它捣毁！

这里是天宫，

我们要闯开它的铁门！

这里有打寒噤的、不愿走的、不坚定的人，

我们必定使他

越走越大胆，

越走越有劲，

越走越坚定！

我们呵，迈开大步，

朝这泥巴的海，

泥巴世界，

前进！

　　四　前进

前进！

撒开大军，

迈开大步，

前进！

一步一个足迹，

前进！

胳膊挽着胳膊，
前进！

一班人扭在一起，
前进！

一连人十路纵队，
前进！

子弹带子捆紧，
步枪斜背起来，
前进！

文件包顶在头上，
裤子缠在头上，
前进！

伙房的担子分开，
一人背一个油桶，
前进！

迫击炮筒扛在肩上，
扶着驮弹的骡子，
前进！

人咬着牙齿，

紧张得流汗，

前进！

马打着喷嚏，

兴奋地嘶叫着，

前进！

左腿陷进了泥潭，

右腿赶快拔步，

前进！

上面是温热的，

底下是冰冷的，

脚板探不到底，

往上提着身子，

前进！

…………

用我们踏碎敌人阵地的脚步，

踏碎一切困难，

前进！

用我们冲破黄河天险的锐气，

冲破一切障碍，

前进！

我们整个营、连，

整个团，整个旅，

整个纵队，

整个全线大军，

人挨人，车挨车

牲口跟着牲口，

大炮连着大炮，

齐头并进，

狂奔猛进，

向这黑糊糊的泥巴的海，

泥巴世界，

一步战胜一个困难，

前进，前进，前进！

节选自《解放军文艺》1951 年第 1 卷第 4 期

我们来到了莫斯科

李季

一

渡过松花江和安加拉河，

我们从北京来到了莫斯科。

我们的祖国富饶又广阔，

五万万颗心向着莫斯科。

三边沙漠上的牧羊人想念着斯大林，
洞庭湖滨的农民向往着莫斯科。

站在红场上看红星，
红星还比太阳红。

红星闪耀高入云，
红星楼里住着斯大林。

看见红星就想起了您，
毛泽东的人民问候您：

一问您健康再问您安，
祝您长寿万万年！

二

翻过了长白山和乌拉尔山峰，
我们从天安门前来到了克里姆林宫。

天安门上飞白鸽，
克里姆林宫上有大钟。

斯巴斯卡雅塔上的钟是斯大林的钟，
爱好和平人类的京城是克里姆林宫。

克里姆林宫的钟声在号召和平，
全世界善良的人们同声响应。

斯大林的大钟指针最准确，
正直的人们跟着它走向胜利与和平。

拉普人从北极冰块上看指针，
马来亚人在橡树底下听钟声。

平壤的母亲们紧紧抱着孩子，
淮河的农民们要保卫自己的好光景。

听啊，克里姆林的钟声又响了，
亿万人高喊着：我们不要战争，

　　我们要和平！

　　1951 年 11 月 8 日于莫斯科

　　选自《长江文艺》1951 年第 5 卷第 8—9 期

当拉起手风琴的时候

李季

当拉起手风琴的时候，
我们在丰盛的酒筵前紧握着手。

你们像接待同胞兄弟般的接待我们，

我们带来的是五万万中国人民的问候。

为了带给我们幸福的毛泽东、斯大林，

我们把第一杯酒高举过头，

热烈的友情就像碰杯时的酒儿横溢外流。

向伟大的名字祝福，我们用芳香的美酒。

当拉起手风琴的时候，

你，列宁勋章的获得者，

蔡特金集体农庄的女劳动能手，

迈着轻盈的步伐扬手起舞。

你的欢愉甚至传染给了石头，

好像在你的生命里从来没有遇见过忧愁。

"我愿把我的生产经验和我的欢乐，

全部地献给我最亲爱的中国农民朋友！"

当拉起手风琴的时候，

在象征着友谊的浅蓝色的酒杯里，

斟满了浓烈芳香的葡萄酒。

干杯啊，这是祝福的美酒，

我们为蔡特金集体农庄超额的收获量，

你们为淮河的兄弟们在自己土地上的丰收，

我们为你们幸福的社会主义的今天，

你们为我们今天的胜利明天的幸福。

当拉起手风琴的时候，

在汽车旁边我们作着告别的握手。

在你们集体农庄的广场上，

几乎是全村的人把我们围得水泄不透。

多少双手挥舞着手巾、红领巾，

手风琴绕着我们的汽车弹奏。

虽然我不懂得这些乐曲的名字，

但是我知道它是在述说着我们的友谊像黑海一样的深厚，永久！

　　　1951 年 11 月 29 日于参观"蔡特金集体农庄"归来途中

　　　选自《长江文艺》1952 年第 5 卷第 12 期

槟榔树：我的同类

纪弦

高高的槟榔树。

如此单纯而神秘的槟榔树。

和我同类的槟榔树。

摇曳着的槟榔树。

沉思着的槟榔树。

使这海岛的黄昏富于情调了的槟榔树。

槟榔树啊，你姿态美好地站立着，

在生长你的土地上，终年不动。

而我却奔波复奔波，流浪复流浪，

拖着个修长的影子，沉重的影子，

从一个城市到一个城市，永无休止。

如今，且让我靠着你的躯干，

坐在你的叶阴下，吟哦诗章。

让我放下我的行囊，

歇一会儿再走。

而在这多秋意的岛上，

我怀乡的调子，

终不免带一些儿凄凉。

飒飒，萧萧。

萧萧，飒飒。

我掩卷倾听你的独语，

而泪是徐徐地落下。

你的独语，有如我的单纯。

你的独语，有如我的神秘。

你在摇曳。你在沉思。

高高的槟榔树，

啊啊，我的同类，

你也是一个寂寞的，寂寞的生物。

选自《自立晚报·新诗》周刊，1951 年第 8 期

美国怎样教育下一代

穆旦

美国怎样教育下一代？
专家的笑脸会有一套解答；
我只遇见过母亲，愁眉不展，
问我对她的孩子有什么办法？
小彼得，和他的邻居没有两样，
腰里怀着枪，走路摇摇摆摆，
每天的街上以杀人当游戏，
说话讲究狠，动手讲究快，
妈妈的规劝是耳边风，
姐妹看见他都害怕地躲开；
且不要相信他是个英雄，
谁打倒他，他便绝对地服从。
啊，小彼得，不念书，不吃饭，
每天跟着首领在街头转。
起初你也是个敏感的孩子，
为什么学得这么麻木，这么冷酷？
可是电影，无线电，连环图画，
指引了你作人的第一步？
杀人放火的好汉真吸引人，
明抢和暗骗才最可佩服；
害了别人，虽然不讲究良心，

他们可是快乐而又成功。

呵，成功！学校里的教科书

可不也说成功是多少光荣！

可怜的彼得，等你再长大一点，

就会看到你的手枪不够用。

报纸每天宣扬堕落和奸诈，

商业广告极力耻笑着贫穷。

你怎么活下去？怎样快掘金？

怎样使出手段去制服别人？

自私的欲望不得不增长，

你终于是满意还是绝望，

夸张的色情到处在表演，

使你年青的心更加不平衡。

疯人院？或者青少年改造所？

别让它为你打开黑色的大门！

呵，小彼得，逃吧；你逃不开；

屋隅暗藏着各样的灾害。

黑衣牧师每星期向你招手，

让你厌弃世界和正当的追求；

各种悲观哲学等在书店里，

用各样的逻辑要给你忧愁；

只要翻一翻，看一看，想一想，

无论你多高或多低的胃口，

鬼魅似的阴影准保要遮丑，

你生命里的上升的太阳，

彼得呵，无怪你的母亲愁眉不展，

她忧闷的日子还很长，很长，

即使你安全冲过了这么多关口，

最后一只手要抓住你不放，

那只手呀，正在描绘战争的蓝图，

那图上就要涂满你的血肉！

　　　　1951 年 11 月

　　　　选自《穆旦诗全集》，中国文学出版社 1996 年 9 月版

感恩节

　　——可耻的债

穆旦

感谢上帝——贪婪的美国商人；

感谢上帝——腐臭的资产阶级！

感谢呵，把火鸡摆上餐桌，

十一月尾梢是美洲的大节期。

感谢什么？抢吃了一年好口粮；

感谢什么？希望再作一年好生意；

明抢暗夺全要向上帝谢恩，

无耻地，快乐的一家坐下吃火鸡。

感谢他们反压迫的祖先，三百年前，

流浪，逃亡，初到美国来开辟；

是谁教他们种的玉米，大麦和小麦？

在蛮荒里，谁给了他们珍贵的友谊？

感谢上帝？你们愚蠢的东西！

感谢上帝？原来是恶毒的诡计：

有谁可谢？原来那扶助他们的"土人"

早被他们的子孙杀绝又灭迹。

感谢上帝——自由已经卖光，

感谢上帝——枪杆和剥削的胜利！

银幕上不断表演红人的"野蛮"，

但真正野蛮的人却在家里吃火鸡。

感谢呀，呸！这一笔债怎么还？

肥头肥脑的家伙在家吃火鸡；

有多少人饿瘦，在你们的椅子下死亡？

快感谢你们腐臭的玩具——上帝！

1951 年

选自《穆旦诗全集》，中国文学出版社 1996 年 9 月版

1952^年

中朝人民战歌

鲁煤

（一）

鸭绿江水奔流不息
灌溉着南北两岸的土地
中国和朝鲜两大民族
从来就是战斗的兄弟！

朝鲜呵，你战斗为中国！
中国呵，你战斗为朝鲜！
前进，把侵略者推下海去！
前进，保卫世界和平！

（二）

鸭绿江水浩浩荡荡
我们的家乡接连着家乡
朝鲜是中国英勇的前哨
中国是朝鲜深远的后方！

朝鲜呵，你战斗为中国！
中国呵，你战斗为朝鲜！

前进，把侵略者推下海去！

前进，保卫世界和平！

选自诗集《扑火者》，五十年代出版社 1952 年 1 月版

我是一个水手

覃子豪

海洋啊！我不知道怎样钟情于你的？

对你，我有鲁滨逊的情绪

马克吐温的智慧

哥仑布的信念

而我是一个饱经风浪的水手

冒险是水手的特性

点缀在我鬓边的几茎白发

证明我已历尽海上的折磨与艰辛

我们的船和我们的老舵手一样

已经超过了他工作上应有的年龄

而它却无休止地在海上漂流

像我的行动，我的思想，永远年青

我的梦随着船上破旧的旗帜

从太平洋横过大西洋

从东方的海港到西方的海港

当汽笛向海港告别，船驰向大洋

我的希望像无数的海鸥在浪花上翻飞

我抖一抖城市给我的烦忧和尘土

扬一扬手

向我的朋友和熟悉的城市

说一声"再会"

船在阳光洒满的大海里航着

伙伴们露着笑脸向海洋唱歌

在繁星伴着皎月的天空下航着

伙伴们在做着一个遥远的梦

当风扬起碧绿的波涛

船起伏着，像是生了翅膀在飞扬

经过了无数的晨曦和傍晚

经过了无数的岛屿和小港

它不曾疲倦，没有停息

它永远踏着开花的路前进

在追求我们不曾见过的奇异的事迹

我曾见过惊涛骇浪掠过船顶

我曾听见过台风肆虐大海的声音

我曾到过没有人迹的海狗麇集的地方

我曾欣赏过鱼群在阳光的海上飞翔

我曾在蓝色的海上眺望山峰上皑皑的白雪

我曾看见荒岛上的鹿群往丛林中躲藏

我曾看见过裸女们划着独木舟和三角帆

我曾听见岛上的土人唱着我不懂的歌

我曾体味过南岛椰子林的旋舞

我曾静听过许多传说，关于海的故事

和许多不可思议的神秘的事实

我是海的探险者，城市的陌生客

我到过新的陌生的光辉的城市

充满着花朵，妙龄女郎，令人留恋忘返的城市

有着威士忌，香槟酒，白兰地，沉醉的城市

有着森巴，伦摆，华尔滋舞，旋律的城市

有着贝多芬，莫扎特，萧邦，交响乐的城市

有着爵士乐，女高音，小夜曲，余音缭绕的城市

有着轮盘赌，赛马，回力球，赌博的城市

有着酒吧间，夜总会，夜生活的城市

有着充满着罗曼蒂克气味的，夜花园的城市

有着充满着狎客和妖姬的，淫荡的城市

有着轻松的，幽默的，令人刺激的城市

有着阴谋，掠夺，谋杀，间谍和强盗的城市

有着奢侈，放浪，欺诈，虚伪的城市

有着汇集着肤色不同，人性不同，极复杂的城市

啊！我曾到过充满着海国情调的城市

我曾到过北方冰风凛冽，白雪覆盖着的城市

我曾到过南方春暖花开，风和日丽的城市

海洋啊！你匆匆地把我带到那儿

又匆匆地把我带走了

我花尽了所有的财富

剩下的是疲倦和万花筒般的记忆

我怀念许多城市，而又憎恨许多城市

城市欢迎我，拥抱我，照后又把我舍弃

海洋啊！只有你永远把我庇护在你的怀里

海洋，亲爱的海洋

我是自然的儿子，你的忠实的情人

我是爱你的，永远对你钟情

像鲁滨逊和哥仑布，有着决心和自信

我有马克吐温的智慧

如今我更懂得你的脾气了

我来了，把整个生命交给你

不愿离你而去

海洋啊！我在这儿

永远望着你热情的眼睛

给我微笑吧！给我温柔的话语吧！给我新鲜的

　　呼吸吧！

选自《自立晚报·新诗》周刊，1952 年第 16 期

老牛

余光中

辣鞭子在麻腿上刷刷地抽，

这一段上坡路几时走到头！

沉重的大车老不放手，

一辈子吊在我的背后！

我不怨老主人狠心将我打：

生活也拿根鞭子在赶他。

有一天他在我脚边躺下，

我就给牵进了别的人家！

选自诗集《舟子的悲歌》，野风出版社 1952 年 3 月版

又省祖国一笔钱

刘志平

入朝行军又作战，

牛毛细雨老不断，

山路一滑跌一跤，

摔断筷子碰坏了碗。

香喷喷的大米饭，

没有筷子干眼馋；

走出洞外想办法，

白光光的铁丝有一团.

急忙捡起仔细看，

原是美机上的白铁链！

我一见，心喜欢，

做个小叉就吃饭。

一边吃，低头想，

又省祖国一笔钱！

选自《解放军文艺》1952 年 4 月号

雾灯

覃子豪

夜的海港
渐渐为雾所封闭
只有点点的乳白色的灯光
像无数的睡莲
冉冉地在夜的水波上开放

雾，笼罩着石级下无数的船舶
雾，模糊着黑色的长桥
雾，拥抱着街树和车辆
雾，温柔地揽着长桥的细腰

灯在雾中
像是在对着海洋自语
"飘荡在大海里的孤帆啊！
夜来了，要快一点回去！"

有人独自地在桥上缓缓而行

雾打湿了她的头发

她走到路灯下面

像是在问

哪儿是她今夜的住家

1952 年 5 月台北

选自《覃子豪诗选》，文艺风出版社 1987 年 3 月版

我的船

杨唤

绿色的河水里，

那白色的是我的小船，

冲过了无数泡沫的城堡，

它正轻快地跟河水赛跑，

让风儿喂饱它的帆，

有一天它会驶向无际的大海上。

两岸的野花正盛开，

花瓣儿也摇来了粉红的小船，

它的乘客是忙碌的蚂蚁，

我的白色的小帆船，

载的却是我航海的愿望。

今天，我请风儿把舵，

驶过那开满野花的小山岗，

下一个码头上，

有林家的阿梅，把它领进芦苇的港。

将来，我会有更大的船，

行驶在美丽辽阔的大海上，

阿梅是大副，我是船长，

走遍每一处海岸，

拜访每一个海港，

看看东边起床的太阳，

探一探西方升起的月亮。

选自《诗志》1952 年创刊号

面临审判

袁水拍

铁案如山的报告书传遍天下，

可怜的造谣公司慌了手脚。

旧金山美联社连喊了三声"奇怪"①，

东京美联社却说是"老一套"，并不奇怪。

请问，到底奇怪不奇怪？

————————

① 美联社旧金山十四日电讯中，对我国新华社的广播，连用"奇怪"的广播或消息等字样三次。美联社东京十五日电讯中，则有"老一套"、"并不惊奇"等语。

到底是

　　急得语无伦次，再也没法遮盖！

小喽啰指天发誓已经不够，

堂堂国务院只好亲自出头。

你做的是那样灭绝人性，见不得人面，

你说的是那样冠冕堂皇，无耻厚颜：

　　"美国以无罪之身兀立于世界舆论法庭之前……"①

不错，你这句当中总算还有一点是真的，

你今天的确面临世界舆论的审判。

你，美国政府

　　　　和带有鼠疫菌的田鼠，

　　　　和带有霍乱菌的蛤蜊，

　　　　和带有炭疽菌的昆虫，

　　　　和带有伤寒菌的家蝇，黑蝇，绿蝇，粪蝇……

一起并排站在

　　世界争执的科学家，宗教家，法律家之前，

一起并排站在

　　所有善良的人民，连同你自己的国人之前。

愤怒的眼睛看着你！

正义的手指指着你！

──────────

　　①　九月十五日，美国国务院由于国际科学委员会关于美国进行细菌战的调查报告书的公布，发表了一项声明，对其滔天罪行继续作无耻狡辩。声明中有一句话是："美国以无罪之身兀立于世界舆论法庭之前……"

你的空军战俘的供词和对你的斥责

　　响在法庭上!

四十五万字的报告书——也是控诉状

　　摆在你面前,

科学的逻辑

　　无可争辩

　　　不可狡赖!

你的"无罪之身"完全拆穿,

你难逃全人类的审判!

　　　　1952 年 9 月 21 日

　　　　选自《人民日报》1952 年 9 月 21 日

给希克梅特

艾青

让我把这一首诗献给你——

来自伊斯坦堡的客人,

你从莫斯科飞到了北京,

带来安那托里亚①的歌声;

你看见祖国被奴役,

你看见人民受饥馑,

---

　　① 安那托里亚即小亚细亚,是土耳其领土的一部分,希克梅特曾在这一带流浪过。

你用歌声唤起人们，
和侵略者进行斗争；

暴君宣判你长期徒刑，
用苦役埋葬你的青春——
他们想吹熄愤怒的火焰，
他们想折断锋利的钢剑；

而你却具有钻石似的心，
那样的坚强，那样的晶莹，
日日夜夜在想念着人民——
"天上的银河，数不尽的星星"。

你坐在铁窗的旁边，
静听世界在疾步前进——
斯大林格勒的炮火，
中国士兵的脚步声……

在黑暗的十二年里，
燃烧着希望的烈火；
你的诗句像火焰，
辉耀在土耳其的夜空……

整个世界在援助你，
向安卡拉发出抗议——
像地中海的狂风巨浪，

冲击着监狱的铁门……

雄鹰啄断了锁链，

飞翔呼啸在青天，

你高举自由的翅膀，

从西方聚到了东方。

新的日子已经来临，

到处是欢笑腾天……

千万条道路

都用鲜花铺成……

1952 年 10 月 3 日，北京

选自《文艺报》1952 年第 19 号

灵感

余光中

你光彩照人的热带小鸟，

欢喜在我头顶来回飞绕，

每次在我的掌中挣脱，

只落下一片蓝色的羽毛。

我把它拾起插在帽边，

行人看到都异常惊羡。

哦，我怎能捉回飞去的小鸟，

让他们像我样看个完全！

1952 年 10 月 10 日

选自《余光中诗选 1949—1981》，洪范书店有限公司，1981 年 8 月版

金达莱花

柯原

在那烧焦的栗树下，

开放着一丛金达莱花，

五月的阳光在花上闪烁，

孩子们呀在花旁玩耍。

干枯的栗树上有一串弹眼，

述说着人们受过的空难。

三个月前——一个阴沉的日子，

鬼子们把这个村庄侵占。

鬼子们无恶不作，

杀死了牛羊，烧毁了村庄；

一群凶狠的鬼子兵，

抓来了一个年轻的姑娘。

鬼子们用棒子打她呵！

鬼子们用火烧她呵！
追问她粮食和棉花埋在哪里，
追问游击队藏在什么地方？

英雄的女儿，敬爱的姑娘，
咬紧牙关呀一声不响，
不管敌人多么凶狠，
不管敌人拼命叫嚷。

女游击队员呵！她鄙视这群野兽，
鬼子们不敢正面将她看望。
"呵！英明的将军敬爱你，金日成……"
她的歌声在山谷中回响。

选自《人民文学》1952年10月号

到远方去

邵燕祥

收拾停当我的行装，
马上要登程去远方。
心爱的同志送我
告别天安门广场。

在我将去的铁路线上，

还没有铁路的影子。
在我将去的矿井，
还只是一片荒凉。

但是没有的都将会有，
美好的希望都不会落空。
在遥远的荒山僻壤，
将要涌起建设的喧声。

那声音将要传到北京，
跟这里的声音呼应。
广场上英雄碑正在兴建啊，
琢打石块，像清脆的鸟鸣。

心爱的同志，你想起了什么？
哦，你想起了刘胡兰。
如果刘胡兰活到今天，
她跟你正是同年。

你要唱她没唱完的歌，
你要走她没走完的路程。
我爱的正是你的雄心，
虽然我也爱你的童心。

让人们把我们叫做
母亲的最好的儿女，

在英雄辈出的祖国，

我们是年轻的接力人。

我们惯于踏上征途，

就像骑兵跨上征鞍，

青年团员走在长征的路上，

几千里路程算得甚么遥远。

我将在河西走廊送走除夕，

我将在戈壁荒滩迎来新年，

不管甚么时候，只要想起你，

就更要把艰巨的任务担在双肩。

记住，我们要坚守誓言：

谁也不许落后于时间！

那时我们在北京重逢，

或者在远方的工地再见！

　　　　1952 年 11 月 23 日

　　　　选自诗集《到远方去》，新文艺出版社 1955 年 5 月版

沿着怒江

周良沛

沿着怒江前进，

我们走向边境，

怒江是我的向导，

她领着我们前进！

她领我到萨尔温江边，

我将每天在那里站岗，

怒江日夜流过我身边，

怒江水好像滚过我的心……

沿着怒江的河岸前进，

怒江的浪花溅着我的脸，

我像看见伏尔加—顿河，

像见她带动马达发电……

两岸肥沃的田地，

是用怒江的水灌溉的；

我喝的水在怒江里舀，

怒江！你是我的亲人！

我来到了怒江，

我喝着怒江水，

怒江会使我们更幸福，

怒江水带给我们对美好生活的梦想……

　　　　1952 年 11 月 13 日于老鲁田

　　　　选自《人民文学》1953 年 3 月号

列宁伏尔加河顿河运河颂

徐迟

列宁——这庄严的名字，

列宁——这神圣的形象，

列宁——明哲的山鹰，

照耀真理长河的太阳。

列宁一定曾经用他的眼睛，

凝望这条雄伟的伏尔加河，

河水在他手臂上滔滔流过，

伟大的设计涌上他的心胸。

列宁也一定曾经用他的手指，

感觉这给沃土以生命的顿河，

河水滑过指尖，翻超水珠，

他的深邃的头脑曾为它沉思。

伟大的列宁创造了苏维埃联邦，

联邦向全世界投射出光芒，

在苏维埃联邦，历史上已经改道，

神奇成为事实，自然得到改造。

掘土机挖泥机的巨大闻所未闻，

苏维埃工程在完成英雄功勋。

世界读着它的每篇电讯和通讯，

不能不感到人类的春天已来临。

看苏维埃人移山倒海，什么都能，
两条大河拥抱在干旱原野上。
焦黄的土地成为蔚蓝的大海，
十六万瓦电流传到农场和工厂。

啊，列宁伏尔加河顿河运河，
你这共产主义建设的初生婴儿，
列宁伏尔加河顿河运河，
你白天黑夜激动我的心灵。

愿我是幸福的旅客去旅行，
愿我是幸福的航船去通航，
愿我化为幸福的鱼去游泳，
愿我化为共产主义社会大海里一滴水。

让我们歌颂光荣的建筑师，人中的人，
促长森林，驯服旱风，
列宁的战友，
给今天个个婴儿以幸福的斯大林。

选自《人民文学》1952 年 11 月号

布达佩斯

冯至

一九五〇年的初春，
我在这里住过十天，
住在马尔基特岛上，
散步在多瑙河边。

匈牙利的朋友一再地
和我谈起当年的苦难，
德国的法西斯匪徒
怎样盘踞着河的两岸。

许多的建筑被烧毁
所有的桥梁都被炸断；
每个布达佩斯的市民
都有一段痛苦的经验。

一九五二年的冬天，
我在这里住了一夜，
美丽的马尔基特岛
和从前一样地亲切。

匈牙利朋友的谈话

却有了很大的改变，
只述说两年半的建设，
再不提当年的苦难。

多瑙河上建筑了新桥，
多瑙河下正开凿隧道，
将来的地下车站
要像莫斯科那样美好。

建设使新的美景
一件件在面前出现，
它把七年前的苦难
好像推到七十年前。

1952 年 12 月 8 日
选自《人民日报》1953 年 2 月 10 日

军帽底下的眼睛

胡昭

透过炮火，透过烟雾，
那军帽底下
闪动着一对眼睛，
它们在四下搜寻。
从一个伤员爬向一个伤员，

她望着同志们坚毅的眼睛，

轻声地说："不要紧……"

每个指尖都充满疼爱，

她包扎得又快又轻。

我想起妹妹的眼睛

那么天真而明净，

我想起妈妈的眼睛

那么温暖那么深……

深深地望了她一眼

我回身又扑向敌人

无论黑夜或白天

不管我守卫，我冲锋……

我眼前常闪动起那对眼睛，

这时，我就把枪握得更紧，

我就更准地射击敌人。

我要保卫那对眼睛——

妹妹的眼睛，妈妈的眼睛，

我亲爱的祖国的眼睛！

1952 年 12 月

选自《人民文学》1953 年 3 月号

你的名字

纪弦

用了世界上最轻最轻的声音，
轻轻地唤你的名字每夜每夜。

写你的名字。
画你的名字。
而梦见的是你的发光的名字：

如日，如星，你的名字。
如灯，如钻石，你的名字。
如缤纷的火花，如闪电，你的名字。
如原始森林的燃烧，你的名字。

刻你的名字！
刻你的名字在树上。
刻你的名字在不凋的生命树上。
当这植物长成了参天的古木时，
啊啊，多好，多好，
你的名字也大起来。

大起来了，你的名字。
亮起来了，你的名字。

于是，轻轻轻轻轻轻地唤你的名字。

　　1952 年

　　选自《槟榔树甲集》，现代诗社 1967 年 6 月版

石榴

蓉子

忍受炽灼的夏阳

显映的不是成熟的甜

而是痛苦的爆裂

啊，石榴滴血

粒粒红殷……

当立足的园内园外

狂嚣着风沙

不断碎石尘泥的袭击

无尽损伤

整个蓝空向我隐藏。

　　1952 年

　　选自《蓉子诗选》，中国社会科学出版社 1995 年 4 月版

1953^年

迎接一九五三年

艾青

新的年代冒着风雪来了，

大路上扬起了一阵笑声……

他从烟火弥漫的前线来，

从岩石击穿的坑道里来，

他的眼里有熬夜的血丝，

他的前额上刻上了皱纹；

敌人倾倒了成堆的钢铁，

但英雄的阵地毫不动摇——

在纵深百里的阵地后面，

有着广大的祖国和人民。

战斗的岁月又过了一年，

一九五三含着微笑来了，

让我们乘着时间的列车，

走上我们的新的路程；

无边的大地覆盖着白雪，

静静地静静地等待春天，

当铁犁犁翻松软的土地，

原野将变成绿色的大海；

我们的道路多么宽阔，

通向新的城市和乡村，

自然正在改变着面貌，

到处都出现新的工程。

密密的钢骨织成大网，

不久将是无数新的工厂。

新的年代带来新的礼物，

这礼物就是新的希望：

我们要坚守每一个阵地，

就像上甘岭的英雄一样，

让我们的意志变成花岗岩，

把敌人打得跪在我们面前；

不要辜负这个伟大的时代，

这是一个英雄辈出的时代；

不要辜负我们伟大的祖国，

我们都是她的光荣的子民——

让我们胜利接连着胜利，

让我们永远在胜利中前进……

选自《人民文学》1953 年 1 月号

祖国，我回来了

未央

车过鸭绿江，

好像飞一样。

祖国，我回来了，

祖国，我的亲娘！

我看见你正在

向你远离膝下的儿子招手。

车过鸭绿江，

好像飞一样，

但还是不够快呀！

我的车呀！

你为什么这么慢？

一点也不懂得

儿女的心肠！

车过鸭绿江，

江东江西不一样。

不是两岸的土地

不一样肥沃秀丽；

不是两岸的人民

不一样勤劳善良。

我是说：

江东岸——

鲜血浴着弹片，

江西岸——

密密层层秫秸堆，

家家户户谷满仓。

我是说：

江东岸的人民，

白天住着黑夜一样的地下室；

江西岸的市街，

夜晚像白天一样亮堂！

祖国呀，

一提江东岸，

我的心又回到了朝鲜前方！

车过鸭绿江，

同车的人对我讲：

"好好儿看看祖国吧，同志！

看一看这些新修的工厂。"

一九五三年

是我们五年计划的头一个春天——

春天是竹笋拔尖的季节，

我们工厂的烟囱

要像春天的竹笋一样！

老人们都说：

孩儿不离娘。

祖国呀，

在前线，

我真想念你！

但我记住一支苏维埃的歌：

"假如母亲问我去哪里，

去做什么事情，

我说，我要为祖国而战斗，

保卫你呀，亲爱的母亲！……"

在坑道里，

我哼着它，

就像回到了你的身旁；

在作战中，

我哼着它

就勇敢无双！

车过鸭绿江。

好像飞一样。

祖国，我回来了，

祖国，我的亲娘！

但当我的欢喜的眼泪

滴在你怀里的时候，

我的心儿

却又飞到了朝鲜前方！

　　　　1953 年 1 月于东北

　　　　选自《人民日报》1953 年 2 月 20 日

一个战斗结束的晚上

李瑛

这是一个战斗结束的晚上，

九月的雨摇着整个战场，

山头上的野草还在燃烧，

疏落的枪声还在不断地响。

一个个战士都是满身泥水，

他们要去找一个休息的地方。

远处的炮火一闪一闪，

哦，那边仿佛有一间歪斜的草房。

他们走到了这座草房跟前，

轻轻地把草房的门儿叩响。

门开了，壁上有一盏昏黄的灯火，

灯火下坐着一位朝鲜老大娘。

她躬身捧住了战士的手，

把一个个战士都拉在身旁，

"啊！孩子，我的孩子们！

快点儿脱下淋湿的衣裳！"

老大娘把他们从头看到脚，

听他们帽檐上的雨水噗噗地落到地上，

看他们的鞋子稀烂，还有的赤着双脚，

他们啊！冲过多少堆满炮火的山冈！

有谁能说出志愿军恩情的深厚，

用什么可贵的东西才能报偿？

她转身从木盒里取出了一缕头发，
这头发闪着年轻的光芒。

她说："我女儿已经死在敌人的手里，
但她却把头发捎给她的母亲、她的故乡，
今天，我愿把它编成一双鞋子，
愿它能穿在我的恩人们的脚上……"

战士们一个个都流下了眼泪，
那头发捧在她干枯的手上，
好像有多少决心、多少话语，
要一齐说给亲爱的爹娘。

当远处的炮声又激烈地响起，
战士们忙背起背包冲向火光。
他们追击着敌人没有一句话，
好像都懂得彼此的心事一样。

　　　　　选自《解放军文艺》1953 年 3 月号

高贵的头颅，昂仰着

　　——悼和平战士罗森堡夫妇

臧克家

一双高贵的头颅，昂仰着，

昂仰着，昂仰着，

从铁窗里望出来，

望到了整个的世界。

你们爱这个世界，

爱这个世界上和平的人类，

爱得这么深，这么厉害，

任何代价抵换不了对它的信赖。

一双高贵的头颅，昂仰着，

昂仰着，昂仰着，

就是死亡的黑手

也不能把它们按下来！

对于和平的人民，

你们无比的温柔和善良；

在强暴的面前，

你们比铁打的还坚强！

一双高贵的头颅，昂仰着，

昂仰着，永远地永远地昂仰着，

虽然你们那可尊敬的生命

已经被刽子手们杀害。

一双高贵的头颅，昂仰着，

昂仰着，遥望着人类的未来，

英勇，坚决，一双不朽的战斗形象，
额上闪耀着真理的光辉。

你们惨死的消息，
像火一样，
你们惨死的事实，
把更多的人团结在共同的事业上。

全世界爱好和平的人民
昂起头来朝着你们仰望，
只有一忽儿低下去——
那是为了抑止不住的悲伤。

1953 年 5 月 22 日
选自《新观察》1953 年第 13 期

乡愁

杨唤

在从前，我是王，是快乐而富有的，
邻家的公主是我美丽的妻。
我们收获高粱的珍珠，玉蜀黍的宝石，
还有那挂满在老榆树上的金币。

如今呢？如今我一贫如洗。

流行歌曲和霓虹灯使我的思想贫血。

站在神经错乱的街头，

我不知道该走向哪里。

选自《自立晚报·新诗》周刊，1953 年第 86 期

好夫妻歌

魏巍

一

乱尸里，我发现了你

狼山里你们一对好夫妻

朋友呵，你死了怎么还睁着眼

大嫂呵，你的头发怎么掉了一半在污泥里

大嫂呵，你的衣服怎么撕得这么烂

朋友呵，你手里怎么还握着荆条子

呵，你们纯洁的血液流在一起

狼山里，倒下一对好夫妻

二

四年前，我头回来到狼山里

就遇见你们这对好夫妻

朋友呵，你给我舀了一挑甜泉水
大嫂呵，你抓把山茶放到开水里

当我说声谢谢你
脸红了呵，你们还是一对小夫妻

而今死在狼山里……

三

三年前，当我负伤在狼山里
昏沉沉，又遇见你们这对小夫妻

朋友呵，是你把我背回你的家
大嫂呵，是你把紫葡萄一颗颗放到我嘴里

如今呵，你们牺牲我不在
今天惨死在狼山里……

四

几月前，我又转到狼山里
你们已经生了儿，正在度着喜日子

大哥呵，你那天到山里采药去

大嫂呵，你在家流汗蹬着织布机

眼看着，正要把荒年度过去

可是呵，被敌人打死在深山里

你们的幼儿哪里去了

对我说呀，你们这对好夫妻

五

好夫妻，好夫妻

狼山里，你们这对好夫妻

枪在我手里直发烧

热泪流到我心里

要不割敌人的头来祭你

我情愿死在狼山里……

选自《解放军文艺》1953 年 7 月号

莫斯科的灯火

邹荻帆

我从北京飞向莫斯科，
高空上看见云霞一样的灯火。
红色的光辉射向天空，
人们叫着：莫斯科！

向莫斯科，向莫斯科，
向一片光芒的大海，
向一片多彩的火焰，
我向莫斯科的胸膛降落。

向莫斯科的灯火致敬，
向你在革命时期举起火把的城，
向你在反法西斯战争胜利中升起的七彩焰火的城，
向你今天用无数万灯火夸耀着和平的城。

向莫斯科的灯火致敬，
向你放射着共产主义光耀的城，
向你充满了劳动人民的创造的城。
向你在灯火下照亮着人类未来的城。

现在，你的灯火在说：公园里交响乐正在奏鸣，

舞台上燃烧着艺术家的智慧和心灵，
莫斯科的市民在尽量的欢乐和歌唱，
更好的休息，为了更好的前进。

一盏灯连着一盏灯，
好像一片丰收的果树林，
一团团红色和绿色的火焰，
好像春天里万紫千红照耀山岭。

莫斯科河边，伞一样的灯，
灯光下照着热恋的人。
高尔基大街，光的"运河"，
少男少女们正唱着"鹰之歌"。

一千遍歌颂，
一万遍致敬，
献给你最亮的灯火，
献给你克里姆林宫尖顶上的红星。

一切爱好和平的人注视着你，
你是人类和平的保证。
一切受压迫的人们注视着你，
你是全世界劳动人民的指路灯。

你放射着社会主义的光芒，
我们看到了我们的榜样和方向。

你展示着共产主义的将来，

我们充满着信心和理想。……

选自《人民文学》1953 年 7—8 月号

我的信

胡昭

让我这封信

在清晨

搭上第一班火车，

向全世界人民注目的朝鲜飞奔。

穿过白天和黑夜，

穿过河流和山岭……

乘上大卡车，驰过铁桥，

下面，鸭绿江波涛滚滚。

冲过滚滚烟尘，

冲过山路；冲过怒雪寒风……

奔在粮食和子弹中间，

我的信向警戒线上飞奔。

我的信啊，向前进！

爬过山岗森林，

爬过那灼热的土地，

一个人传给另一个人。

信封上布满了战场的灰尘，

沾满了同志们汗渍的手印……

信啊，你要战胜一切阻碍，

一定要送给我的亲人，

托我发信的是我的祖国，

是亲爱的白发的母亲，

是那些刚刚落成的工厂，

是无边的大地和森林……

我的信是千百万人民的意志，

是和平人民的一颗赤心。

它不失落也不会伤损，

一定会送到亲人的手中。

在山岗上他将更坚定，

在战斗里他将更勇猛。

选自《解放军文艺》1953 年 10 月号

紫竹河上可爱的姑娘

莎蕻

紫竹河的流水翻卷波浪，

河面上映照着晚霞的金光；

在岸上站着一个可爱的姑娘，
向对岸大路不断张望。
风儿吹动着她的衣裳，
两根长辫儿爬在肩上。
姑娘在张望着什么，
心里又把什么事想？

白杨、翠柳排排成行，
紫竹林中小鸟轻唱，
你会以为可爱的姑娘，
她在岸上把情人等望？
姑娘不是把情人等望，
有一件事情使她着慌。

普选的喜讯像长上了翅膀，
这喜讯早飞传紫竹河上；
紫竹河水泛射红光，
把河两岸村庄照得通亮。
这是几千年没有的喜事，
人民要把政权来执掌；
紫竹乡的人民欢天喜地，
个个都把选举歌儿来唱。

紫竹乡的选民天天把选举盼望，
选举会就决定在今儿晚上。
会场上红旗高高飞扬，

红旗上金星放射光芒；
毛主席画像在朝着选民微笑，
《东方红》歌声响遍了全场。

紫竹乡选民都已到齐，
选民证在会场闪闪发亮，
人人都要把心爱的代表选举，
好代表的名字早深印在心上。
乡长在全乡最负众望，
办事认真、作风优良，
全乡人都喊他"好乡长"，
选代表要把他第一个选上。
选举会就快要开始，
会场上没看见我们的乡长，
晚霞已照到紫竹河上，
乡长这会儿在什么地方？

从会场里走出来可爱的姑娘，
像一把火烧在她的胸膛：
"乡长平时开会总是第一个先到，
今晚为什么没来到会场？"
乡长的笑脸在她面前出现，
亲切的话语在她耳边鸣响：
"什么时候都要想着全乡，
毛主席教导我们应该这样！
你信得过我老头子吗，

嗯，可爱的姑娘！"

姑娘一面想着一面急跑，
她已穿过紫竹林跑到河旁。
只见河水翻滚波浪，
浪花飞溅，河水暴涨；
这是河上游下了暴雨，
山洪怒涛如雷声轰响。
可爱的姑娘站在岸上，
心里直急得发慌：
"全乡人都把乡长盼望，
谁知道河水把他阻挡？"
河对岸急急走来几个人影，
不用说那就是我们的乡长。

渡口只有一只木船，
如今船儿又在河这岸停放；
姑娘虽也能把船来撑，
可难知能否战胜风浪？
回村去找人太耽误时间，
姑娘也不愿意这样。

全乡人珍重这次选举，
眼珠儿都看着乡长。
"一定把乡长渡过河来，
这任务我必须勇敢担当。"

望着紫竹河滚滚的波浪，
姑娘再没有犹豫多想。
她双手把长辫儿盘起，
又紧了紧身上的衣裳，
她带着全乡人的希望，
蹲身儿跳到了船上。
撑竿将船身拨离开岸，
姑娘在船上忙摇起桨。

紫竹河浪涛冲击着船帮，
一朵朵水花儿迎桨开放，
随着浪涛船儿漂上落下，
像一只水鸟和浪花并舞齐唱；
只见那水面上双桨飞动，
就像是射出来两道电光。
转眼间小船儿驰进河心，
滚滚的浪头儿冲向船旁，
眼看着怒涛就要涌到船上，
姑娘呵，紧慌忙拨转船桨。
汹涌的浪头猛击船帮，
船头儿急晃要钻进水浪，
姑娘忙仰身倒向船尾，
小船儿才随浪又轻轻浮上。
姑娘呵，和风浪紧张搏斗，
颗颗的汗珠儿直往下淌。

紫竹河任你怒涛汹涌，
怎能够战胜船上的姑娘？
姑娘呵，驾小船疾驰前进，
小船儿像飞箭划破白浪。

河对岸站着我们的乡长，
还有区长和互助组长老张；
他们都望着河里的怒浪，
亲切地召唤着可爱的姑娘。
微笑浮在乡长脸上，
他向区长不断夸奖：
"别看我们的姑娘年轻，
她的名字可传遍全乡，
生产和强壮的男人一样，
在互助组里常受表扬；
她担任妇女小组长，
大小事都能办到人心上。
她爱全乡人胜过爱自己的爹娘，
姑娘是全乡妇女的榜样。"

小船儿停在了对河岸，
姑娘喊叫着我们的乡长：
"你们快把船儿来上，
全乡选民早把你们盼望！"
姑娘没顾得擦一下汗珠，
也没来得及整理水花溅湿的衣裳，

她拨转船头摇起双桨，
船儿就又飞一样驰在水上。

"全乡选民都已到了会场，
乡长啊，你去了什么地方？"
乡长还没来及来口，
老张就把话儿接上：
"全乡人都希望区长参加我们的选举会，
乡长下午叫我到柳树乡去找区长，
我和区长一块回到咱乡，
看见乡长领着十多个人忙在堤上。
山洪暴发把河堤冲破，
乡长为全乡人把河堤堵挡。
今天要不是有我们的好乡长，
河西岸肥田这会已变成汪洋！"
姑娘激奋地喊着："好乡长，
你堵住决口救了全乡！"
乡长和姑娘一块摇动船桨，
却不住口赞扬着姑娘：
"今晚河水突然暴涨，
多亏你啊——可爱的姑娘！
要不是你勇敢摆渡，
选举会就会大受影响。"
大家笑望着可爱的姑娘，
紫竹河上歌声飘荡。

船儿乘风破浪，

歌儿唱遍全乡，

紫竹林和白杨、翠柳，

也在招手笑迎着姑娘。

在紫竹乡的选举会上，

选民们都把选民证高扬，

认真选举心爱的代表，

好代表选上了我们的乡长。

女代表中选上一个模范青年团员，

她的名字叫黄迎光！

女代表黄迎光谁不爱戴？

她就是紫竹河上可爱的姑娘！

1953 年 9 月初稿

1953 年 10 月修改

选自《长江文艺》1953 年 11 月号

藏枪记（节选）

　　——江南抗日游击战争记事诗

艾青

一

杨家有个杨大妈，
她的年纪五十八。
身材长得很高大，
浓眉长眼阔嘴巴；
身穿粗布蓝衫褂，
不戴簪来不戴钗；
没有说话先就笑，
心直口快要数她。

杨家是个小村子，
整个村子都姓杨；
村子前面有小溪，
村子后面有山岗；
说起杨大妈的家，
就在小溪的边上。

有一天，杨大妈
站在村边石桥上，

忽然平地起大风，
吹得树叶沙沙响，
她正迈步想回家，
迎面来了李大娘，
她问李大娘哪里去，
李大娘说：
"有事要和你商量。"

两个人走下了石桥，
朝大路上望了一望，
一同坐在溪边石板上，
溪里的水映着夕阳……

李大娘告诉她：
"咱们的队伍走了，
昨天深更正半夜，
土地庙前面站满了人，
一阵阵的大雁朝南飞，
一排排的人马向北行；
队伍走了有几里路长，
不知道去什么地方，
这次走可不比平常，
连粮食草料都带上。"

杨大妈问：
"你可看见我家小虎？"

李大娘说：

"灯火缭乱看不清楚。"

杨大妈问：

"什么时候他们回来？"

李大娘说：

"恐怕要一年半载。"

杨大妈叹了一口气，说：

"从此无事不出门。"

李大娘站起来，说：

"逢人说话要当心。"

杨大妈的媳妇站在大门外，

一见婆婆回家来，

喊了一声："妈，

外面风这样大，

你赶快回家吧！"

晚上，杨大妈拿了一件破衣，

缝缝补补等她的儿子，

一等等到深夜正三更，

才听见小虎来敲门，

他好像有什么紧急的事，

一进门就叫了一声：

"妈，同志们都走了，

我因为负伤没有办法，

山高路远不能跟上，
上级决定把我留下。"

"这几天外面的风声很紧，
我有任务马上要动身，
留下的人枪要赶快埋伏，
明后天特务就要抓人，
我在家乡已被人注意，
要另外找地方去安身；
这里有两支枪交给你，
你给我好好保存，
等一天我回来，
我还要用它们……"

一支长马枪，
一支短手枪，
还有两包小子弹，
一起放在桌子上。

小虎说完话就想走，
母亲拉住他的衣襟：
"小虎，你要走，
做娘的不能把你留。
树有根，水有源，
鸢高万丈一线牵；
你看那家家梁上燕，

年年去了又回还，
你走得再多么远，
不要忘了旧家园。"

媳妇从里面追出来，
递给他一件短布衫，
她说："母亲年纪也老了，
说不定有三长两短，
你要是打这边路过，
不要忘掉回家看看。"
婆媳两个送他送到大门边，
一转眼就连影子也看不见。

二

小虎走了没有几天，
周老大来找杨老三，
狗腿子碰见了特务，
好像两亲家见了面，
一个拉来一个扯，
拉拉扯扯走进小酒店，
称了新炒花生整半斤，
烫了冬陈黄酒一斤半，
先是对饮后猜拳，
乌龟王八闹了半天，
喝得身子像棉絮，

颠颠倒倒走在路边，

吃了饵的鱼儿要上钩，

杨老三的话说不完：

"几天前，刮风天，

黑野猫半夜回家转，

他在前面走，

我在后面跟，

他走进了门，

我在门外听，

听了好半天，

什么也听不见，

等他一开门，

我就闪在墙角边，

看他匆匆忙忙溜过去，

差一点儿被他撞见。

他来时身上背了一支枪，

去时披了一件短布衫——"

"枪呢？"

"不见了。"

"什么枪？"

"一支长枪。"

"放在袋里？"

"太长。"

"背在背上？"

"要露出枪尖。"
"吃到肚子里?"
"不是糖梗。"
"真的么?"
"谁敢把你骗!"

    三

特务狗腿子来到杨大妈家,
一口咬定她家里有枪:
"只要你们交出了枪,
对你们都不会怎样。"

杨大妈马上说:
"我们家里没有枪,
谁说有枪是冤枉;
小虎回来又走了,
我又有什么办法?
枪被他自己带去了,
你们要抓去抓他!"

特务咬咬牙,
空手回了家。

"真是见了活无常!"
砰的一声,她把门关上;

拿出手枪埋在灶房里，

谁也看不出什么地方。

她又爬上后面窗子上，

把马枪递给杨明纲；

明纲和小虎像兄弟，

她叫他赶快去埋藏。

…………

1953 年　秋天

选自《人民文学》1953 年 11 月号

歌颂毛主席

王老九

梦中想起毛主席，

半夜三更太阳起。

作活想起毛主席，

周身上下增力气。

走路想起毛主席，

千斤担子不知累。

吃饭想起毛主席，
蒸馍拌汤添香味。

开会欢呼毛主席，
千万拳头齐举起。

墙上挂着毛主席，
一片红光照屋里。

中国有了毛主席，
山南海北飘红旗。

中国有了毛主席，
老牛要换新机器。

选自《解放军文艺》1953 年 11 月号

睡了的村庄这样说

胡风

同志
我睡了
我睡得安静
　也睡得深沉

同志

听一听我的呼吸吧

　　它没有了怨气

　　它没有了苦味

它告诉你

　　我恢复了健康

　　我尝到了喜悦

夜

慈爱的夜呵

她为我带来了休息

我的肌肉在新陈代谢

我的疲劳在一点一点退去

同志

多少年了多少年了

我的皮肤在严寒和酷热里面烂过肿过

我的眼睛在羞耻和屈辱里面烧过痛过

我的胃囊在饥饿里面打过抖

我的心房在仇恨里面滴过血

多少年了多少年了

我度过了不眠的夜

我度过了切齿捶胸的夜

我也度过了枪响火烧的夜

同志

痛苦的夜过去了

流血的夜过去了

夜呵

她成了我的慈母

让我安静地躺在她的怀里

让我睡去

让我休息

让我新陈代谢

让我长出更新鲜的力气

同志

我送走了幸福的一天

我的肌肉吸进了一天的阳光

我的肺叶吸进了一天的大气

我的耳膜响过了一天的鸟语和风声

我的眼睛映过了一天的青空和绿叶

我又送走了一天

我的皮肤又冒出过一天的汗水

我的双脚又亲吻过一天的土地

我得到了又一天和平的劳动

就舒适地躺在了温暖的夜的怀里

我睡了

我睡得好

我睡得安静

　　也睡得深沉

同志

我睡得安静

也睡得深沉

我的倒塌的土墙都砌好了

我的破漏的屋顶都补牢了

我的窗子都糊上了新纸

　　　露水飘不进去

　　　冷风也吹不进去

夜

和平的夜呵

我的母亲们安静地睡了

　　　像抱着珠子的豆荚

　　　让幼儿们偎在她们怀里

我的少男少女们安静地睡了

　　　像一个一个的花苞

　　　它要带来吐香结果的日子

我的农夫农妇们安静地睡了

　　　像一把一把刺击过敌人的不锈刀

　　　像一棵一棵熬过了风雪的长青树

我的牛儿们驴儿们安静地睡了

做着蓝天下面的梦

　　　梦着草色青青的香味

　　　梦着阳光闪闪的彩色

我的犁儿们锄儿们安静地睡了

它们在泥土里面赛过跑

它们在泥土里面洗过澡

带着满身的清洁睡了

带着满身的喜悦睡了

同志
都睡了
都睡得好
都睡得安静
　　也都睡得深沉
都送走了幸福的又一天
　　都得到了又一天的劳动
　　都享受了又一天的和平

夜
慈爱的夜呵
她来到了我们这里
让我们得到了休息
让我们告别过去了的一天和平的日子
让我们迎接要来的另一天和平的日子
让我们祝福未来的黄金色的无数的和平日子

同志
为了黄金色的未来
我要睡得安静
我要睡得深沉
但在我睡着了的身边
　　还跳跃着一粒火
　　还闪耀着一盏灯

它是我的一只不睡的眼睛

为了黄金色的未来

它警戒着

　　祖国土地上的旧社会的毒虫

它监视着

　　祖国边疆外的旧世界的黑影

它像是天上的一颗星

遥遥地

这一颗望着另一颗

　　连成了一面星星的网

连起了祖国地面上的

　　一切的城市和

　　　　　　一切的村庄

同志

让我睡吧

让我睡得好吧

星星的明亮的眼睛

　　　　　守卫着我

天空的温柔的手臂

　　　　　环绕着我

土地的纯洁的胸膛

　　　　　拥抱着我

祖国守卫着我

　　　祖国环绕着我

祖国拥抱着我

我睡了

要睡得更好

要睡得更安静

要睡得更深沉

我的力量要长得更强大更新鲜

好迎接祖国的又一个幸福的黎明

附记

1951 年 4 月 21 日之夜，京沪列车在山东平原上向北京疾驰前去。凭窗望去，在深厚温柔的夜色之下，平原上之村庄，除间有耀耀之灯光一点，俱沉睡于安静之中。曾在残酷斗争中英雄不屈的村庄，现在火热的劳动中创造和平与财富，让改造祖国的伟大工程和抗美援朝的神圣事业汲取得无穷力量的村庄，将要成为美丽如画的祖国儿女的村庄，使我遐思，使我沉醉，使我感到一个新中国人的骄傲与幸福。浑然涌来的幸福感让我流出了如上的诗句一串，到京后，录示友人，也曾朗读，得知此幸福感并非个人所仅有。

选自《人民文学》1953 年 11 月号

寄到汤姆斯河去的诗

袁鹰

罗森堡夫妇是美国著名的和平战士。美国反动政府给他们捏造罪名，将他们逮捕。罗森堡夫妇坚持真理，英勇不屈，在 1953 年

6月19日被杀害。他们的两个孩子，住在爸爸生前的好朋友巴赫夫妇的家里，在附近的汤姆斯河小学读书。前些天，汤姆斯河小学的学监说他们不是当地的"合法居民"，强迫他们立即退学。

我们十月的北京城里，
看天边白鸽在云朵里飞翔；
我的心呀，飞向远处，
飞到万里外的汤姆斯河上。

我看见河岸上有两个孩子，
默默地踏着石子路，满脸悲伤。
十岁的迈克尔挽着六岁的弟弟，
一步一回头，向校门望了又望。

汤姆斯河的水，静静地流，
河水呀，你可知道孩子们的哀愁？
树上的黄叶悄悄地落下，
在奇怪：为什么孩子们紧锁眉头？

是不是在咒骂那个学监，
凭什么不准你们再进校门？
从小就呼吸美国大陆的空气，
谁能说你们不是"合法居民"？

是不是在责怪你们的学校，
为什么不让你们俩容身？

校舍那么高，操场那么大，
难道再挤不下两个人？

是不是在埋怨巴赫伯伯，
也许没有将你们的户口办好？
好巴赫伯伯让你们不愁吃住，
可是进不了学校，多么苦恼！

是不是在怀疑你们自己，
为什么这不幸会落到你们身上？
要是说因为成绩不好，
大家怎么又选迈克尔当班长？……

啊，我的小兄弟们，
听我说，你们别太天真。
迈克尔，你比弟弟大一点，
你会懂得这是为了什么原因。

不是学监特别管得紧，
不是巴赫伯伯没有安排，
不是你们的学校太小，
不是你们的成绩太坏。

只因为你们是爸爸妈妈的儿子，
是不朽的罗森堡夫妇的后代。
只是为了这个，只是为了这个，

反动派才忍心将你们迫害。

提起爸爸妈妈，我知道，你们会流泪，
刽子手硬把白说成黑，把善良说成犯罪。
爸爸妈妈为了争取和平，
从容地坐上电椅，头也不回。

爸爸妈妈光荣地死去，
普天下的人都把他们永记在心。
你们是美国人民的儿子，
反动派害怕人民，才害怕你们。

魔鬼的黑手也许还会伸来，
孩子呀，对敌人要学会憎恨。
你们身边有千万个爸爸妈妈，
他们会教会你们怎样对待敌人。

你们看河边上那两棵小苗，
为什么能经受住狂风暴雨？
因为大地就是他们的母亲，
大地会将儿女扶植成为大树。

你们年纪小，还不懂得羡慕我，
有一天你们的国土上也将开遍鲜花，
这鲜花名叫自由、解放和幸福，
爸爸妈妈们的血灌溉它们长大。

我在十月的北京城里，

我的心却飞到你们身旁！

汤姆斯河上的好兄弟，

快些长大、快些长大起来吧！

1953 年 10 月，北京

选自《人民文学》1954 年 1 月号

沿着中南海的红墙走

绿原

沿着中南海的红墙走，

我的脚步总是很慢很轻，

我总想在这一带多逗留一会儿，

我总是一面走、一面倾听。

不是里面有人造的海，

不是里面有什么宫殿，

不是里面有风景，……

不是的，不是那些使我耽误时间。

是那里面有一颗伟大的心脏，

是那颗伟大的心脏和我的心脏相连，

是我每次经过这一带，

　　我的心像喷泉一样

　　涌出了神圣的火星，

我的脚步不能不很慢很轻。

云彩照在中南海的上空，

白鸽飞在中南海的上空。

中南海是安静的，

一颗伟大的心脏在那里

为亿万个生命跳动着。

1953 年

选自《人民文学》1954 年 3 月号

候鸟飞回故乡

公刘

阳光照射着北方，

候鸟飞回故乡，

冲破四月的烟瘴，

歌声愈来愈响亮。

在那南方的邻邦，

在那被奴役的土地上，

囚徒傍着铁窗，

倾听候鸟欢声歌唱。

"候鸟啊，我们一齐唱，

歌唱那茂密的水草，

歌唱那丰盛的食粮，

也歌唱囚徒的希望！

"候鸟啊，借给我翅膀，

让我们比翼飞翔，

飞到那幸福的国家，

飞到你亲爱的故乡！

"我的祖国终年炎热，

我的人民却不见阳光，

候鸟啊，驮我去远方，

带回来自由的太阳……"

1953 年 9 月 12 日

选自《长江文艺》1954 年 5 月号

心与乳

[蒙古族] 巴·布林贝赫

我们对心里的爱，用乳作表示。

我们对自由和解放，用乳来献礼。

我们对康健和兴旺，用乳来象征。

我们对未来的幸福，用乳来祝贺。

在鲜艳美丽的雕花玻璃杯里，

斟满了养料丰富的洁白乳浆；
从铺设着崭新台布的桌子上，
我们特选这芬芳的乳浆来劝尝。

和年迈的老人们在一起，
和可爱的儿童们在一起，
和年轻的朋友们在一起，
现在我们庆祝一个节日！

今天使我们获得了权利，
财产和牲畜交到我们的手里；
今天我们有了儿女，
疾病和痛苦离开了我们的躯体。

慈祥的母亲抱起孩子就记起这一天。
成长着的孩子读起书来就想起这一天。
年轻的牧民见到畜群就思念这一天。
年迈的父亲忆及往事就祝贺这一天。

这一天是个什么日子？
为什么蒙古人这般重视？
这一天就是十月一日呵！
是新中国诞生的节日！

从西藏拉萨的金座献来哈达；
从海南岛的密林献来硕果；

从可爱的首都广场响起口号；
我们蒙族人民也举起鲜乳：

为了带给我们这样美好生活的
父亲毛泽东的健康而祝颂！
为了赐给我们一切自由幸福的
祖国的繁荣和发展而祝颂！

我们像无瑕玉杯一样的
各兄弟民族的亲密友谊；
我们像无垢母乳一样的
各兄弟民族的和睦团结——

犹如来自太阳的热能，
使寒冷的大地温暖起来；
犹如降自天河的甘霖，
使贫瘠的土壤草木茂盛起来。

1953 年 10 月

德·白彦、李永年译

选自《人民文学》1955 年 10 月号

最好的歌

——听朝鲜人民军某部火线战士音乐队演出

李瑛

这不是什么剧场、大厅，
这是座火线下的茅屋，
顶上是熏黑的柴草，
墙角点着融融的蜡烛。

"来吧，奏一支歌吧，
感谢远方的客人来听我们演出；
纵使这乐器奏不出和谐的曲谱，
却能把我们激动的心音披露。"

"这琴弦是缴获的电线的铜丝，
作琴箱的是火线上炸断的大树，
敌人的弹壳作成响亮的铜锣，
敌机的翅膀作成我们最好的大鼓。"

从他们粗壮的手指间，
一曲曲战斗的歌轻轻流出；
它们立刻冲出这间茅屋，
飞进全世界每一扇闪光的窗户。

歌声拍着孩子们甜甜地睡去，

歌声使花儿密密地开遍溪谷，

歌声使同一条路上走着的人，

战斗中都结成亲密的手足。

听着炮火中这一支支歌，

我敬佩朝鲜这英武的民族，

这是多么美好的激越的歌呀，

明天它们定将处处染遍新绿！

　　1953 年 11 月

　　选自《新观察》1954 年第 5 期

我是一勺静美的小花朵

痖弦

在那遥远遥远的从前，

那时天河两岸已是秋天。

我因为偷看人家的吻和眼泪，

有一道银亮的匕首和幽蓝的放逐令

　　在我眼前闪过！

于是我开始从蓝天向人间坠落，坠落，

我是一勺静美的小花朵。

有露水和雪花缀上我的头发，

有天风吹动我轻轻的翅叶，

我越过金色的月牙儿，

又听到了彩虹上悠曼的弦歌……

我从蓝天向人间坠落，坠落，

我是一勺静美的小花朵。

我遇见了哭泣的陨星群，

她们都是天国负罪的灵魂！

我遇见了永远飞不疲惫的鹰隼，

他把大风暴的历险说给我听……

更有数不清的彩云，甘霖在我鬓边擦过，

她们都惊赞我的美丽，

要我乘阳光的金马车转回去。

但是我仍要从蓝天向人间坠落，坠落，

我是一勺静美的小花朵。

不知经过了多少季节，多少年代，

我遥见了人间的苍海和古龙般的山脉，

还有，郁郁的森林，网脉状的

　河流和道路，

高矗的红色的屋顶，飘着旗的塔尖……

于是，我闭着眼，把一切交给命运，

又悄悄的坠落，坠落，

我是一勺静美的小花朵。

终于，我落在一个女神所乘的贝壳上。

她是一座静静的白色的塑像，

但她却在海波上荡漾！

我开始静下来。

在她足趾间薄薄的泥土里把纤细的
  须根生长，

我也不凋落，也不结果，

我是一勺静美的小花朵。

夜里我从女神的足趾上向上仰望，

看见她胸脯柔柔的曲线和秀美的鼻梁。

她静静地、默默地，

引我入梦……

于是我不再坠落，不再坠落，

我是一勺静美的小花朵。

1953 年

选自《现代诗》1954 年第 5 期

小小的岛

郑愁予

你住的小小的岛我正思念

那儿属于热带，属于青春的国度

浅沙上，老是栖息着五色的鱼群

小鸟跳响在枝上，如琴键的起落

那儿的山崖都爱凝望，披垂着长藤如发

那儿的草地都善等待，铺缀着野花如果盘

那儿浴你的阳光是蓝的，海风是绿的

则你的健康是郁郁的，爱情是徐徐的

云的幽默与隐隐的雷笑

林丛的舞乐与冷冷的流歌

你住的那小小的岛我难描绘

难绘那儿的午寐有轻轻的地震

如果，我去了，将带着我的笛杖

那时我是牧童而你是小羊

要不，我去了，我便化做萤火虫

以我的一生为你点盏灯

1953 年

选自《郑愁予诗选集》，志文出版社 1974 年 3 月版

1954年

雪地潜伏

严辰

不是白云封锁了原野,

不是十五的月光流泻如水银,

好大的雪啊,铺天盖地,

白茫茫一片耀花了眼睛。

大雪覆盖了高山峻岭,

大雪填平了累累的弹坑,

鸟儿啊,敛起了翅膀,

野兽啊,找不到踪影。

黑夜悄悄地降落,

一支队伍在悄悄地行进,

好像银蛇游过平静的湖面,

轻轻地不发出一点声音。

肩头披着伪装衣,

军帽上围着白毛巾,

冲锋枪端在手里,

手榴弹像铁甲似的挂满一身。

拉开五米的距离，

竖起耳朵，睁大眼睛，

别让坡上的石头滚落，

别让树枝挂住了衣襟。

一个紧跟一个，

一个踩着一个的脚印，

前面的摸索着探路，

队后的又巧妙地把脚印扫平。

到达了冲锋出发地，

各自找个隐蔽的角落藏身，

大地依然是白茫茫一片，

仿佛什么事情都不曾发生。

前面是一层层铁丝网，

地堡密密的如同森林，

好啊，队伍就在敌人鼻子底下，

你能伸手抓到匪徒们的脖颈。

抽烟的忍住了呵欠，

饶舌的紧闭着嘴唇，

一声咳嗽会破坏大事，

含块水果糖把喉咙润一润。

风啊，刀锋似的尖利，

雪啊，钻透筋骨那么寒冷，
战斗的心可是热辣辣的，
铁石也要它融化，冰河也要它沸腾。

炮弹呼啸着从头顶飞过，
天空远远近近如挂满了天灯，
同志们，且耐着点性子，
敌人猖狂不了多少时辰了！

压缩饼干硬得像铁片，
让牙齿慢慢地去啃；
壶里的开水结成了冰块，
抓一把雪直往肚子里吞。

谁都没有被艰苦压倒，
一个甜蜜的名字振作了大伙的精神，
就像长江黄河奔流过大地，
祖国，你的温暖流进了所有忠诚的心灵。

这时，家家户户该已烧暖了土炕，
新米馍在松木桌上热气蒸腾，
孩子们正在村边池塘上快乐地溜冰，
老人们为丰收感谢最可爱的人。

一切和平美好的景象，
常常把战士的感情吸引，

为了已经得到和将要得到的幸福，
没有什么困难不能够战胜！

敌人一阵盲目的扫射，
一颗子弹穿进了小李的胸膛，
脸色变得雪白，嘴唇咬出了血，
却始终不曾听到他苦痛的呻吟。

他还像先前一样潜伏着，
只有无力的头向雪里埋得更深。
战友们为他暗暗流泪，
胸中燃烧着烈火般的仇恨！

拳头快要把枪柄握碎，
眼睛里爆出愤怒的火星，
血债啊，必须加倍偿还，
暴风雨的前夜啊，如此紧张又如此沉静。

时间怎么走得这样慢？
一颗颗心像弓弦般拉紧，
黑夜盼着快些天亮，
天亮了又盼着黑夜快快来临。

终于黑夜降临，信号弹升起，
潜伏的队伍猛虎似的跃进，
匪徒们还不曾从昏睡中醒来，

枪口已向他们的胸口对准！

选自《解放军文艺》1954年1月号

驰过燃烧的村庄

未央

【说明】

一九五〇年六月，美帝国主义指使南朝鲜傀儡政权进攻朝鲜民主主义人民共和国，随后自己也直接参战，并纠合仆从国组织"联合国"军队进行干预。与此同时，美帝国主义还侵占了我国领土台湾，大举进逼我国边境，并轰炸我国东北。为了抗美援朝，保家卫国，我国人民组成志愿军，在同年十月开往朝鲜，和朝鲜人民军一同抗击侵略者。在朝鲜战场上，志愿军战士发扬了爱国主义和国际主义的精神，表现出高尚的精神品质。中朝军队的伟大胜利迫使侵略者于一九五三年七月在停战协定上签字。作者曾随军赴朝，一九五二年底回国学习，回味朝鲜的战斗生活，写出了这首诗。

那天，
我去送一道紧急的公文，
鞭着马，
驰过燃烧的村庄。

忽然，
一个被火烧着的孩子，
向我滚来。

马受了惊骇，

前蹄腾空而起。

是什么命令我

　　跳下马，

用大衣裹住那团火。

我滚在雪地上，

像石滚

　　滚下山坡。

我的孩子，

你的村庄

已被强盗们烧成灰烬；

你的爹娘

再不能来听你的哭笑声。

我的马啊！

你疯狂地跑吧……

在地窖里，

我把烧伤的孩子和公文，

一块儿交给了首长。

首长的左手抱着孩子，

　　像抱着全人类的爱情和仇恨。

首长的右手签公文的收据，

　　签下了

我们千万战士誓灭强盗的决心。

　　　1954 年 2 月

　　　　选自《长江文艺》1954 年 3 月号

希望

鲁藜

> 希望是在风雨之夜所现之晓霞
>
> ——歌德

我永远栖息在你的心灵的深处
我随时在等着你的呼唤

今天，我很高兴
我看见河流
我看见生命
我看见你在奔赴人生

深夜，你还在坐着
你的心还在燃烧着，闪耀着智慧的火花
而钟表像脉搏那样震荡
要把你带向未来
多么幸福，当我出现在你的目光里
就像日光出现在波浪里
那泪滴就变为星光
那痛苦就融化为花朵

我常常是你的窗前第一线阳光

我常常是你的路上第一枝花

当你第一次向世界发出哭声的时候

我就第一次给你带来微笑

在黄昏的桥头上

我是晚霞

在那万顷的波涛里

我是日出

在你远别的时候

我是你的爱人向你挥动的手帕

在你陷入地狱的时候

我是你的一扇天窗

当你投进战斗的行列

我是红星

当你在暗无天日的大地上流亡

我是曙光

当你攀登山岭双足染血

我是峰顶

当你冲昏头脑的时候

我是冰雪

当你不爱我的时候

（你所爱的是"庸俗"）

世界上唯有我的爱

使你走向纯洁

我就是这样将我的手掌

紧贴着你的掌心

和你共同渡过无数风雪的晚上

和你共同通过那些浴血的时光

我只要用一个眼色

你就从倦怠中奋起

好像走过沙漠的人

闻到水的香味

我是那样亲切地联系着你

使你生活的日程没有空白

我也是一支白帆

使你走向远方

是我使你懂得一个真理

——幸福不在数量

在你最纯洁的时候

在你最忘我的时候

那时候你流下的每一滴血汗

我都把它酿成甘露

那时候你发出的每一个声音

我都把它变成诗歌

有我，我的朋友

你再不怀疑你的道路

哪怕你走到一个悬崖

你也能够飞跃

有我，我的朋友

你再不畏惧道路的艰难

那岁月辉耀在旗帜里

那海洋辉耀在灯塔的光芒里

有我，你变得非常敏捷

像鹰翱翔在万里长空

有我，你变得非常快乐

像红领巾飘荡在孩子心里

我常常在你的灵魂的窗口等着你

我常常在你的深夜的灯光下守着你

我常常在你的深闭着的眼睛里凝视着你

我常常在你的劳作的过程里拥抱着你

我永远栖息在你的心灵的深处

我随时等着你的呼唤

    1954 年 3 月 4 日，北京

    选自《鲁藜诗选》，人民文学出版社 1983 年 11 月版

火灾的城

纪弦

从你的灵魂的窗子望进去，
在那最深邃最黑暗的地方，
我看见了无消防队的火灾的城
和赤裸着的疯人们的潮。

我看见了从那无垠的澎湃里响彻着的
我的名字，爱者的名字，仇敌们的名字，
和无数生者与死者的名字。

而当我轻轻地应答着
说"哎，我在此"时，
我也成为一个可怕的火灾的城了。

选自《摘星的少年》，现代诗社 1954 年 5 月版

摘星的少年

纪弦

摘星的少年，
跌下来。

青空嘲笑他。

大地嘲笑他。

新闻记者

拿最难堪的形容词

冠在他的名字上，

嘲笑他。

千年后，

新建的博物馆中，

陈列着有

摘星的少年像一座。

左手擎着天狼，

右手擎着织女。

腰间束着的，

正是那个射他一箭的猎户

嵌着三明星的腰带。

原载《摘星的少年》，现代诗社 1954 年 5 月版

一个姑娘走在田边大道上

吕剑

一个姑娘走在田边大道上，

她一面走着一面歌唱；
她肩上飘着一条花围巾，
她黑黑的脸上透出红光。

天空那么蓝，那么光亮，
没有边界的麦田像一片海洋；
哦，她不是在大道上行走，
她是在春天里轻轻飞翔。

她是谁家的一位姑娘？
是不是开拖拉机的那位姑娘？
当谷子一片金黄的时候，
你可听过她在收割机上歌唱？

看她在春天里轻轻飞翔。
听她的歌声那么柔和那么悠扬；
她是在歌唱美好的爱情和希望，
还是在歌唱他们新建的农庄？

她是谁家的一位姑娘？
谁看见她不把她永记在心上！
可是我想说的还不是这些，
我想说的是这个崭新的景象——

年轻、自由而又健康，
浑身焕发着青春的光芒；

这不正是一种理想的化身？

你看她一面前进一面歌唱。……

1954 年 3 月

选自《人民文学》1954 年 6 月号

刹那

周梦蝶

当我一闪地震栗于

我是在爱着什么时，

我觉得我的心

如垂天的鹏翼

在向外猛力地扩张又扩张……

永恒——

刹那间凝驻于"现在"的一点；

地球小如鸽卵，

我轻轻地将它拾起

纳入胸怀。

1954 年 5 月

选自《现代诗》1954 年第 6 期

加力布露斯

罗门

加力布露斯，

在静静的深夜里，我祝福你，

你流落到哪里去了呢？

久久的，我失去了你的音讯，像失去了心中的恋歌，

就使我向远地高呼你的名字——

亲爱的加力布露斯，

而那激动的音响，在冷漠的大气中终归流散，

就使我沿着旧路，在梦中重遇你于往昔的金色年华，

而过去的美丽景象，已不再如前般馥郁与喜悦，

久久的，我等你从茫无边的海上归来，

带回你往日的欢歌同快活的情思，

可是在那熟悉的码头上，我只是饮风淋雨遥望，

我的心是较深夜末班列车去后的月台，更为凄冷了！

亲爱的加力布露斯，

你是流星埋在不可到的远方，

还是沉船沦入不可测的深海，

快快告诉我，你的芳影在哪里，

你的声音就在风中吗？

你的视线是否在阳光里？

如果我不能再遇见你，

或者你回来时，我已双眼闭上，

那时心会永远死去，

黑夜在白昼里延长，

海洋也会久久的沉默，

你知道岁月之翼，不能长久带领我，

在生命的冷冬，我将跌倒于无救之中，

你为何仍迟迟忘返呵！

亲爱的加力布露斯，

每当晨辉闪耀，

我便听见你奔腾的马蹄声，在清早的林野里响动，

每当星月临空，

我便看见你牵着马在夜色迷恋的狂野上漫步歌唱，

往日的欢笑如五月的暖风吹过我的心河上，

旧梦如泛光的云朵，飘过我生命的晴空，

可是亲爱的加力布露斯，

何时你方从春天里回来?!

1954 年

选自《现代诗》1954 年第 6 期

我们爱我们的土地

邵燕祥

我们爱我们的土地：

多少年来她哺养着我们，

我们灌溉着她，

我们忘不了那些年代：

多少个春天我们播种，

多少个秋天我们两手空空！

多少个孩子没有童年的欢乐，

多少个青年失去幸福的爱情。

在破碎的土地上，

听不见清脆的儿歌，

听不见甜蜜的情歌。……

但是啊，那时候，

三山五岳九江八河

　　跟我们一同唱起悲愤的歌，

　　　　　　　　　不平的歌，

　　　　　　　　　战斗的歌！

我们起来了，

为我们自己，

为我们的孩子，

为我们远远近近的亲人！

我们不自由，我们争取自由！

我们被奴役，我们要做真正的人！

我们聚成了一支大军。

我们爱我们的土地，

她知道我们行军的脚步多么急切——

从北雁飞不到的南方，

到南风吹不到的塞北，

她知道我们蹚过多少条河，

爬过多少座山，

怎样擦去土地上的血迹，

养好自己身上的伤痕；

战胜了追截堵杀，

战胜了"围剿"、"扫荡"，

　　　　偷袭和明攻。

在我们所爱的土地上，

毛主席带领着我们，

越过大河深谷，

突破险关峻岭；

那时候，

高山上只有层层叠叠的窑洞，

毛主席含笑指点，

说这就是高楼大厦的模型。

我们爱那千万孔窑洞，

我们更爱那未来的高楼大厦。

生为她，死为她；

为了我们的土地，

为了土地上美好的未来，

我们付出了高昂的代价。

我们的土地，

到底是我们的土地了！

再不是帝国主义冒险家的乐园了！

再不是卖国贼海外存折里的项目了！

我们向全世界宣告：

历史的钟摆是人民。

中国人民用自己的双手

　　掌握了自己的命运。

我们的土地也开始了新的命运。

我们爱我们的土地——

鞍山啊，

这是我们土地上的一颗掌上明珠；

不光在夜里，它白天也放着光芒。

炼钢炉倾泄着火的瀑布，

告诉那些嘲笑我们的家伙：

鞍山有铁又有钢，

既没生野草，也没种高粱。

抚顺啊，

煤的海永近在喧腾。

想当年美国"特使"魏德迈来到露天矿，

他在这儿呆立了二十分钟，

　　　　　　垂涎三尺。

今天却再没他站脚的地方。

矿坑里的灯光信号像五色的花，

五色的花只为矿工开放。

第一汽车制造厂啊，

在毛主席指定的地点，

在毛主席规定的时间，

在毛主席题字的基石旁边，

高高低低的空地正在消灭，

钢盔铁甲的厂房矗向天空，

虽然不远还有平肩高的蔓草，

虽然到处听得见吵闹的蛙鸣。

那怕什么！

我们正是在工棚周围筑起城市，

在骆驼队旁边，

　　让火车发出自豪的吼声。

我们爱我们的土地，

爱我们土地上早晨的钟声。

星星还没落，雾气蒙蒙。

钟声就唤醒人们，

人们又把土地唤醒。

从前田野分割成一片一片，

好像那破烂的衣裳；

今天它啊一望无边，

掀起金黄的、金黄的麦浪……

我们爱这棵农业生产合作社的麦穗，

它衔着六十五颗麦粒；

滋养它的是一冬的雪水，

还有雪白雪白的肥田粉。

中国的土壤是温暖的土壤，

有什么美好的种子不能萌芽？

我们爱我们的土地，

我们爱繁华的名城，丰饶的田野，

我们也爱那偏远的、等待着开垦的地方。

从北京派出了测量队员

　和地质勘探队员，

在他们五万分之一的测绘图里，

在他们用桦树皮给爱人写的信里，

写着许多我们还不知道的事情。

——可羡慕的同志们，请告诉我：

　　　我们的土地是多么广大、

　　　　　　多么肥沃、

　　　　　　多么丰富啊！

从一个工业基地，

到另一个工业基地，

道路在我们脚下很长；

岗位也很多。

有些人到达了宿营地，

有些人正在出发；

有些人在工地遇到老战友，

有些人又要分手上路。

这儿是中国的西伯利亚，

茫茫的原野将变成黄金的摇篮；

1949 — 1 9 5 6 263

那儿是中国的库兹涅茨克，

森林里将诞生城市和花园；

这儿是中国的第聂伯河水电站，

那儿是中国的乌克兰黑土平原……

九百五十多万方公里——

我们亲爱的土地！

我们建设她，

我们还要保卫她。

我们有开拖拉机的双手，

还有开坦克的眼光。

我们是六万万，

我们远不止六万万：

从北京到莫斯科，

从平壤到布拉格，

从红河两岸到易北河滨，

从爱好和平的心到爱好和平的心，

这就是我们的阵线。

我们在我们的土地上

建设着强大繁荣的社会主义祖国。

哪怕有很多很多的二万五千里！

共产党、毛主席领导着我们。

我们在朋友的欢呼中前进。

我们在敌人的诅咒中前进。

向第一个五年计划的胜利前进！

向第二个五年计划的胜利前进！

向第三个五年计划的胜利前进！

前进！

让全世界倾听我们的脚步声吧！

1954 年 6 月 23 日

选自《人民日报》1954 年 9 月 12 日

偶像

余光中

将你对偶像的过分崇拜，

留一分下来尊敬你自己。

与其多一个虚伪的权威，

不如多一人瞥见真理。

你跪在巍巍的偶像脚下，

低头去吻他的脚尖，

但你不曾举头仰视，

就仰视也看不清他的脸。

如果有一天你站直了自己，

或是走上了智慧的石级，

你将要如此的惊讶——

也许你发现了他的大嘴，

也许你发现他的近视，
也许你发现他带了面具，
也许……也许……
总之你要惆怅而惊奇。

而现在，因为你伏在他的脚下，
只看见他的像座，他的脚趾，
只看见他的鼻孔，他的下巴
你幻想他是如此如此的伟大
你仰视看不见他的假发。

选自台北《公论报·蓝星》周刊，1954 年第 3 期

回答

何其芳

一

从什么地方吹来的奇异的风，
吹得我的船帆不停地颤动：
我的心就是这样被鼓动着，
它感到甜蜜，又有一些惊恐。
轻一点吹呵，让我在我的河流里

勇敢的航行，借着你的帮助，
不要猛烈得把我的桅杆吹断，
吹得我在波涛中迷失了道路。

　　二

有一个字火一样灼热，
我让它在我的唇边变为沉默。
有一种感情海水一样深，
但它又那样狭窄，那样苛刻。
如果我的杯子里不是满满地
盛着纯粹的酒，我怎么能够
用它的名字来献给你呵，
我怎么能够把一滴说为一斗？

　　三

不，不要期待着酒一样的沉醉！
我的感情只能是另一种类。
它像天空一样广阔，柔和，
没有忌妒，也没有痛苦的眼泪。
唯有共同的美梦，共同的劳动
才能够把人们亲密地联合在一起，
创造出的幸福不只是属于个人，
而是属于巨大的劳动者全体。

四

一个人劳动的时间并没有多少，
鬓间的白发警告着我四十岁的来到。
我身边落下了树叶一样多的日子，
为什么我结出的果实这样稀少？
难道我是一棵不结果实的树？
难道生长在祖国的肥沃的土地上，
我不也是除了风霜的吹打，
还接受过许多雨露，许多阳光？

五

你愿我永远留在人间，不要让
灰暗的老年和死神降临到我的身上。
你说你痴心地倾听着我的歌声，
彻夜失眠，又从它得到力量。
人怎样能够超出自然的限制？
我又用什么来回答你的爱好，
你的鼓励？呵，人是平凡的，
但人又可以升得很高很高！

六

我伟大的祖国，伟大的时代，

多少英雄花一样在春天盛开；

应该有不朽的诗篇来讴歌他们，

让他们的名字流传到千年万载。

我们现在的歌声却那么微茫！

哪里有古代传说中的歌者，

唱完以后，她的歌声的余音

还在梁间缭绕，三日不绝？

七

呵，在我祖国的北方原野上，

我爱那些藏在树林里的小村庄，

收获季节的手车的轮子的转动声，

农民家里的风箱的低声歌唱！

我也爱和树林一样密的工厂，

红色的钢铁像水一样疾奔，

从那震耳欲聋的马达的轰鸣里

我听见了我的祖国的前进！

八

我祖国的疆域是多么广大：

北京飞着雪，广州还开着红花。

我愿意走遍全国，不管我的头

将要枕着哪一块土地睡下。

"那么你为什么这样沉默？

难道为了我们年轻的共和国，

你不应该像鸟一样飞翔，歌唱，

一直到完全唱出你胸脯里的血?"

九

我的翅膀是这样沉重，

像是尘土，又像有什么悲恸，

压得我只能在地上行走，

我也要努力飞腾上天空。

你闪着柔和的光辉的眼睛

望着我，说着无尽的话，

又像殷切地从我期待着什么——

请接受吧，这就是我的回答。

1952 年 1 月写成前五节

1954 年劳动节前夕续完

选自《人民文学》1954 年 10 月号

一个黑人姑娘在歌唱

艾青

在那楼梯的边上，

有一个黑人姑娘，

她长得十分美丽，

一边走一边歌唱⋯⋯

她心里有什么欢乐？
她唱的可是情歌？
她抱着一个婴儿，
唱的是催眠的歌。

这不是她的儿子，
也不是她的弟弟；
这是她的小主人，
她给人看管孩子；

一个是那样黑，
黑得像紫檀木；
一个是那样白，
白得像棉絮；

一个多么舒服，
却在不住地哭；
一个多么可怜，
却要唱欢乐的歌。

　　　　1954 年 7 月 17 日，里约热内卢
　　　　选自《人民文学》1954 年 11 月号

礁石

艾青

一个浪，一个浪

无休止地扑过

每一个浪都在它脚下

被打成碎沫，散开……

它的脸上和身上

像刀砍过的一样

但它依然站在那里

含着微笑，看着海洋……

1954 年 7 月 25 日

选自《艾青诗选》人民文学出版社 1984 年 2 月版

祖国颂

田间

一

祖国，青的天空，

和黄金似的国土，

已经独立自由，

已经拨开云雾。

这是灿烂的时日，
我们党画好蓝图；
祖国呵，我们欢呼，
光荣地奔上大路！

二

新的宪法在照耀，
我们伟大的民族，
在金红的大柱上，
挂着钢铁似的字句。

全国是这样欢腾，
决心要走一条路，
要建设社会主义，
使劳动更有价值。

三

祖国呵，你的山石，
也在轰然作响，
万山丛中，淮河岸上，
我们有了大水库。

在辽阔的国土上，

是谁在摇动山石？

不是狂风，不是暴雨，

是劳动者的脚步。

四

我们的山上、湖畔，

高唱着建设的歌，

这歌声胜过宝石，

拿来宝石也不换。

祖国呵，在你的大地上，

有最伟大的财富，

它名叫勇敢勤劳，

这是真正的宝石。

五

祖国呵，你的人民，

是六万万，

为了祖国的前程，

要尽光荣的天职。

要把共和国的旗帜，

更高更高地举起；

看吧，在大路上，

升起了一轮红日！

　　1954 年 6 月 17 日

　　选自《人民文学》1954 年 7 月号

永远不会沉没

李冰

滔天的洪水把我们四面包围，

狂风暴雨日夜向我们袭击，

我们站在洪水中间，

我们站在惊涛骇浪里，

武汉像一艘永不沉没的战舰，

武汉是一座永不能摧毁的堡垒。

哪管大水高过街道、屋顶，

我们在洪水前面修起雄伟的堤防。

在这追击过敌人的渡口上修起新的长城，

在新修的工厂和花园门口筑起山样的屏障。

多少年，

这扬子江水掺着一半血泪，

今天，

在这里幸福的国土上我们刚刚忘记了哭泣，

这江里再不能添加一滴泪水，
我们的眼睛再不能看孩子的尸体。

我们举起还没有放下枪械的手，
正修建楼房的手，刚插下秧苗的手，
我们二十万双手把守着堤岸，
多少昼夜和洪水恶浪激战。

大水像炮火一样冲击着堤岸，
大浪像刀刃一样削刮着堤身，
我们在过膝的泥泞里搏斗，
我们在没顶的洪水里冲锋。

多少次狂风大浪卷起石块，冲击堤岸，
多少人下水堵住漏洞，挡住缺口，
英雄的身体像泥土一样填补在堤上，
英雄的身体像岩石一样撑住浪头。

我们的臂膀就是堤防，
挡住了雨水、湖水、襄河水、长江浪，
不许洪水往我们身边冲过，
就像不许敌人踏进我们的边疆！

夜晚的灯光照亮这百里长堤，
我们守卫着每寸堤岸，
回过头看看我们心爱的武汉，

她依然烟囱林立，灯火灿烂。

听听我们工厂里机器的响声，
听听那年轻姑娘们正唱什么歌曲，
看那楼房里的灯光整夜不灭，
一定是工程师在画图要根治长江水。

你说今天又生产出多少新布？新犁？
你猜那长江水大桥哪一年修起？
你问这堤里的稻壳和花草的香味，
什么时候拖拉机站能给我们"社"里耕地？

我们听惯了这欢乐的歌曲，
我们过惯了这新的生活，
让那些幸灾乐祸的强盗们看着吧，
我们的幸福生活一分钟也不能耽搁。

你听那汽笛吼叫，北京的火车来了，
毛主席又给我们送来什么东西？
是种子、粮食、麻袋、抽水机，
是搬来北方的大山阻挡这长江的洪水①。

伟大的父亲，亲爱的主席，
我们仿佛看见你望着南方整夜不睡，

————————

① 指火车日夜从北方运土来。

放心吧，我们的亲人孩子全都平安，
今夜我们在你的像前正开宣誓大会。

洪水踩在我们脚下，
浪涛攥在我们手里，
毛泽东的儿女从来不曾败退，
英雄的武汉正准备庆祝再一次胜利！

　　　　1954 年 8 月 14 日武汉

　　　　选自《长江文艺》1954 年 9 月号

卓玛的发辫上有一朵红花

顾工

卓玛的发辫上有一朵红花，
她像爱自己那颗少女的心一样爱它。
起风的时候，把它揣在衣襟里，
起雾的时候，她也小心地摘下。

那是一个比过节日还要难忘的时刻呀！
几百条欢乐的臂膀举起了劳动模范——卓玛，
解放军连长含着赞美的微笑，
亲手给她系上这朵永不凋谢的红花。

这朵红花比稀有的玉镯还要贵重，

它是在热爱祖国的心灵上开放的光荣。
这朵红花闪过每个同伴的眼前，
都会引起他们的爱羡、敬崇。

清晨，太阳把雪山顶照得像黄金一样，
一个从牧场上来的青年在上工的路上说：
"卓玛，你将来能不能去到我的家乡？
　我们那里有一望无边的骏马和牛羊；
　牛羊的奶汁就像瀑布一样地流不尽，
　滴在奶筒里发出蟋蟀叫似的轻响。"
卓玛的脸上辉耀着阳光，
她微笑着把铲土的圆锹放到肩上：
　　"你的家乡真是美好；可是为了美好的家乡，
　　你还需要在用圆锹时多加一些力量。"

傍晚，彩霞的倒影在那湖水里面荡漾，
一个农村里来的青年在收工的时候说：
　　"卓玛，你将来能不能去到我的家乡？
　　我们那里的青稞有着甜美的清香。
春天桃花盖满所有的村庄和山脚，
　　人们好似住在粉红色的云彩里一样。"
卓玛的脸上映照着霞光，
她振奋地把磨亮的镐头拿在手上：
　　"你的家乡也真可爱；可是为了可爱的家乡，
　　你就应该把铁锤打得更加响亮。"

以后，卓玛的发辫上又多了一朵红花，

她像爱自己那颗少女的心一样地爱它；

这时，两位青年的帽上也有红花闪动，

这使卓玛的心上多添了一份温暖、光荣。

1954 年 8 月于阿沛

选自《文艺学习》1955 年第 5 期

北京莫斯科中间的飞行

冯至

我们飞向莫斯科，

像是追赶着太阳；

光明的白昼，

今天过得最长。

我们飞回北京，

我们迎接着日出；

黑暗的夜晚，

今夜过得最短促。

在寒冷的高空

飞机里一团温暖，

不同的肤色和语言

有着同一的情感。

这样来往的飞行，

里边运载的是和平；

太阳也更多更早地

照耀着和平的行程。

1954 年 9 月

选自《旅行家》1955 年创刊号

祖国的早晨

阮章竞

晨风，吹散了轻纱般的薄雾，

晚霞，透过青烟染红了森林，

群山崛起了它那高大的身躯，

东方的碧天上，嵌着几片金色的彩云；

太阳从蓝海里升起来，

祖国的早晨来临了。

太阳一点钟一点钟地在上升，

祖国一点钟一点钟地在壮大成长。

时间虽然是个最悭吝的朋友，

我的祖国超过它的速度在飞翔。

我爱我的祖国美丽的早晨，

每天，我看见的不是童话里的梦境，

而是真实的人类奇迹，

在这辽阔纵横的土地上发生。

昨天，这里是野草、湿水、泥泞，

今天，这里是钻探机、起重机、建设工棚。

过去，这里只出现老爷们的嘴巴、牙齿和爪子，

现在，这里出现的是棉纱、钢坯、水泥。

昨天，这里是牧人不饮牛羊的河流，

今天，崛起巨大的机器在吸引出石油。

从这个港湾到那个港湾，

搬运工人在拥抱初生的无缝钢管。

旧的城市迅速地在改装换样，

新的城市在摇篮里、在诞生中、在怀孕着……

地质队的卡车，像蒙古草原的野马，

穿过森林，翻过崇山峻岭向自然进军。

我每天都迎接着祖国的早晨，

每天都像在迎接芬芳的早春：

阳光，悄悄地透进课室，

柔和地吻红了儿童们的课本，

早风吹拂着女拖拉机学员的头巾，

我每时都看见青春的生命。

我每天从晓霞里听到和平的钟声：

它向每块陆地，

它向每片海洋，

呈献劳动、安宁，

呈献音乐、花朵。

在莱蒙湖边，祖国向全世界

呈献出了又一支壮丽的和平歌颂。

我每天从晚霞里听到友谊的歌声：

莫斯科—北京，

真理和友爱所凝成。

在苦战的昨天，

莫斯科，鼓舞了我们；

在建设的今天，

莫斯科，帮助了我们。

莫斯科，是我们创造明天的样本。

我高声歌唱，伟大祖国的早晨，

我看见日以继夜地工作的

伟大的毛泽东，他带着永远是那样安详的微笑，

站在阳光里，遥望着祖国的早晨。

他永远是那样的朴素平静，

他永远是那样的坚毅勤奋，

引导伟大的祖国，从胜利走向胜利，

从一个凯旋门到再一个凯旋门。

庄严美丽的第一个宪法，

它擎上历史的路标，指向着光明的前程。

人民，透过今天早晨的阳光，

看见了明天——更光明的祖国的早晨。

1954 年 9 月

选自《人民文学》1954 年 10 月号

西盟的早晨

公刘

我推开窗子，

一朵云飞进来——

带着深谷底层的寒气，

带着难以捉摸的旭日的光彩。

在哨兵的枪刺上

凝结着昨夜的白霜，

军号以激昂的高音，

指挥着群山每天最初的合唱……

早安，边疆！

早安，西盟！

带枪的人都站立在岗位上

迎接美好生活中的又一个早晨……

选自《人民文学》1954 年 12 月号

吐鲁番情歌（选二）

闻捷

苹果树下

苹果树下那个小伙子，
你不要、不要再唱歌；
姑娘沿着水渠走来了，
年轻的心在胸中跳着。
她的心为什么跳呵？
为什么跳得失去节拍？……

春天，姑娘在果园劳作，
歌声轻轻从她耳边飘过，
枝头的花苞还没有开放，
小伙子就盼望它早结果。
奇怪的念头姑娘不懂得，
她说：别用歌声打扰我。

小伙子夏天在果园度过，
一边劳动一边把姑娘盯着，
果子才结得葡萄那么大，
小伙子就唱着赶快去采摘。
满腔的心思姑娘猜不着，

她说：别像影子一样缠着我。

淡红的果子压弯绿枝，
秋天是一个成熟季节，
姑娘整夜整夜地睡不着，
是不是挂念那树好苹果？
这些事小伙子应该明白，
她说：有句话你怎么不说？

……苹果树下那个小伙子，
你不要、不要再唱歌；
姑娘踏着草坪过来了，
她的笑容里藏着什么？……
说出那句真心的话吧！
种下的爱情已该收获。

葡萄成熟了

马奶子葡萄成熟了，
坠在碧绿的枝叶间，
小伙子们从田里回来了，
姑娘们还劳作在葡萄园。

小伙子们并排站在路边，
三弦琴挑逗姑娘心弦，
嘴唇都唱得发干了，

连颗葡萄子也没尝到。

小伙子们伤心又生气，
扭转身又舍不得离去：
"悭吝的姑娘啊！
你们的葡萄准是酸的。"

姑娘们会心地笑了，
摘下几串没有熟的葡萄，
放在那排伸长的手掌里，
看看小伙子们怎么挑剔……

小伙子们咬着酸葡萄，
心眼里头笑眯眯：
"多情的葡萄！
她比什么糖果都甜蜜。"

1952 年—1954 年

乌鲁木齐—北京

选自组诗《吐鲁番情歌》，原载《人民文学》1955 年 3 月号

还乡曲

张永枚

路边野花朵朵开，
大叶子槐树迎风摆；

一路走，一路想，
六年的日子过得快；
六年前辽河饮战马，
——今天还乡去探家。

拐过走马转角湾，
前面露出沙河滩，
背上取下行军袋，
坐在河滩揩一揩汗。

沙河滩啊，沙河滩，
一样的流水绕青山。
脚踩软沙到河边，
手捧河水洗个脸，
喝了两口沙河水，
一滴一滴慢慢咽。
六年没喝故乡水，
故乡的水啊，
也变得津津甜。

沙河滩呵，沙河滩，
当年的沙河滩，
流的仇和冤，
多少穷人投河死，
哭声和着水声咽！

当年的沙河滩，

时常山水灌，

东西河流南北岸，

来往只靠一只小破船。

船儿地主买，

船儿穷哥撑，

过河五毛钱，

地主剥去抽洋烟。

看！如今新桥已搭就，

南岸北岸手牵手；

白花花的石桥立栏杆，

走一走，站两站，

一块块石头摸摸又看看。

过桥登上夹马坡，

我会在这儿把"壮丁"躲，

隐藏我的大松林，

青枝绿叶盖山坡。

如今反动派被我们赶出了大陆，

我自由自在地上坡下坡，

我要大声地唱首歌！

下得坡来是平川，

绿一片，黄一片，

绿绿的叶木成了荫。

黄澄澄的稻子盼收割；
娃娃骑牛走过来，
绿荫里传来"互助歌"。

前边有座万宝山，
像给家乡把门看；
我曾在山上磨过刀，
我曾在山上把柴砍。

轰隆隆一阵响，
劳动号子山上传，
青烟里头翻红旗，
工人大哥把宝探。

记得儿时老人讲，
金银财宝山里藏，
没有钥匙难取宝，
要取宝除非仙人降！
如今人民坐天下，
毛主席打开了金银矿！

走着走着心直跳，
我的家拐弯就来到！
低声说句：我回来了！
试一试口音变了多少！
乡音没改人可变了，

紧一紧布带正一正军帽，
擦一擦奖章抿嘴笑：
这就是六年前的庄稼佬！

胸膛挺得高又高，
走过土坡用眼瞭：
哎！我的家……
那茅草棚棚哪去了？

莫非久别走错路？
土生土长我记得熟。
莫非他们搬了家？
前日来信还在这块住。

边走边问到家门，
石灰粉墙映绿荫，
门前槐树间桃树，
大瓦屋里住穷人！
包谷垛子黄澄澄，
一架水车门边放，
公鸡母鸡把食争。

进门一阵叫"咯咯"，
来了大鸭和大鹅，
噗啦翅膀仰起脖：
客人请到屋里坐！

没扬声，没叩门，
左邻右舍传音讯，
门内涌出一群人，
门外顿时成市镇！

张大妈拉住我左手，
李二爷又把右手握，
磨豆腐的陈二婶，
一把抓住我的衣角。

像是喜鹊闹树林，
问这问那话不停；
十张嘴问一张嘴答，
十双手把一双手拉！

槐树上歇下一群鸟，
喳喳叽叽连声叫；
娃娃们在身边一个劲吵，
想不到探家这样热闹。

众星捧月拥进屋，
李二爷按我上首坐；
妈妈流下欢喜泪，
见我看她又没话说。

低头向壁不扬声，

妻子一边倒茶水，

我想喊她，她想喊我，

人面前谁也不理谁。

男女老少坐一屋，

要我把战斗故事说，

渡黄河讲到下江南，

从朝鲜讲到苏联老大哥。

奖章在人手里来回传，

王大叔直叫孩子们别乱摸！

李二爷插口说的好：

一别六年他不觉老，

夹马坡外开矿井，

"老将"当的技术指导。

砍柴的伙伴小银台，

万宝山上把矿采，

金矿银矿挖出来，

银台得了光荣牌！

故事讲到掌上灯，

感谢毛主席教导我们成人！

一样的容颜一样的声，

人们已不是从前的人……

红灯照壁满屋子亮

正中贴着毛主席像，

分别六年重会面，

夫妻团圆话儿长。

翻来覆去睡不稳，

边疆有我同志们，

头顶星星站着岗，

夜露阵阵湿军装！

好似海风迎面吹，

想起边疆难入睡；

耳边如听浪涛吼，

大海那边有蒋贼！

心儿飞过万重山，

心儿飞回国防线；

故乡啊故乡，

我要重返边疆，

保卫亲爱的祖国。

保卫你呵——

我们美好的家乡。

1953 年 9 月初稿，1954 年 11 月改成。

选自《解放军文艺》1955 年 4 月号

林边问答

闻捷

叔叔！叔叔！你们好：
怎么起得这样早？

     敲罢头一遍鼓的啄木鸟，
     比我们起得还要早；
     翘起大尾巴的松鼠，
     已经在杉树枝上做早操。

叔叔！叔叔！你们好：
急急忙忙往哪儿跑？

     我们踩着小鹿的脚印，
     跑进大森林的怀抱，
     请站了百十年的大树，
     躺下来舒舒服服睡一觉。

叔叔！叔叔！你们好：
为什么高兴得吹口哨？

     ……枕木铺起了一条跑道，
     两根钢轨正在上面赛跑；

高高的烟囱、大大的楼房，

都在和脚手架比跳高……

叔叔！叔叔！你们好：

你们为什么哈哈笑？

因为我们年年劳动好，

斧头快要变成机器了，

你问：这又是怎么一回事？

再过几年你就会全知道。

1952 年初夏写于天山林区

1954 年初冬修改于北京

选自《人民文学》1956 年 1 月号

悬崖上的绳索

高平

从陡立的山崖底下，

跑过来一队汽车；

我看见那盖着冰雪的悬崖，

就想叫它：鹰的家。

是解放军战士，

曾经到这里来过，

他们攀着这些绳索钻出云雾，
又踩着它向悬崖开火。

战士们匆忙地走了，
把绳索留下。
风，刮着它不停地摇摆，
战士的光荣留在悬崖。

春天，悬崖上野花开，
绳索被花朵遮盖，
只有蜜蜂采蜜的时候，
才能把它找出来。

　　　1954 年 11 月 23 日　夜林芝

　　　选自《解放军文艺》1956 年 10 月号

在智利的海岬上

　　——给巴勃罗·聂鲁达

艾青

让航海女神
守护你的家

她面临大海
仰望苍天

抚手胸前
祈求航行平安

一

你爱海，我也爱海
我们永远航行在海上

一天，一只船沉了
你捡回了救命圈
好像捡回了希望

风浪把你送到海边
你好像海防卫士
驻守着这些礁石

你抛下了锚
解下了缆索
回忆你所走过的路
每天了望海洋

二

巴勃罗的家
在一个海岬上
窗户的外面

是浩淼的太平洋

一所出奇的房子
全部用岩石砌成
像小小的碉堡
要把武士囚禁

我们走进了
航海者之家
地上铺满了海螺
也许昨晚有海潮

已经残缺了的
　　木雕的女神
站在客厅的门边
像女仆似的虔诚

阁楼是甲板
栏杆用麻绳穿连
在扶梯的边上
有一个大转盘

这些是你的财产：
古代帆船的模型
褐色的大铁锚
中国的罗盘

（最早的指南针）

大的地球仪

各式各样的烟斗

和各式各样的钢刀

意大利农民送的手杖

放在进门的地方

它陪伴一个天才

走过了整个世界

米黄色的象牙上

刻着年轻的情人

穿着乡村的服装

带着羞涩的表情

像所有的爱情故事

既古老而又新鲜

手枪已经锈了

战船也不再转动

请斟满葡萄酒

为和平而干杯！

三

房子在地球上

而地球在房子里

壁上挂了白顶的

　　黑漆遮阳的海员帽子

好像这房子的主人

今天早上才回到家里

我问巴勃罗：

"是水手呢？

还是将军？"

他说："是将军，

你也一样；

不过，我的船

已失踪了，

沉落了……"

　　　　四

你是一个船长，

还是一个海员？

你是一个舰队长，

还是一个水兵？

你是胜利归来的人，

还是战败了逃亡的人？

你是平安的停憩？

还是危险的搁浅？

你是迷失了方向？

还是遇见了暗礁？

都不是，都不是。

这房子的主人

是被枪杀了的洛尔伽的朋友

是受难的西班牙的见证人

是一个退休了的外交官

不是将军。

日日夜夜望着海

听海涛像在浩叹

也像是嘲弄

也像是挑衅

巴勃罗·聂鲁达

面对着万顷波涛

用矿山里带来的语言

向整个旧世界宣战

五

在客厅门口上面

挂了救命圈

现在船是在岸边

你说："要是船沉了

我就戴上了它

跳进了海洋。"

方形的街灯

在第二个门口

这样，每个夜晚

你生活在街上

壁炉里火焰上升

今夜，海上喧哗

围着烧旺了的壁炉

从地球的各个角落来的

　　　十几个航行的伙伴

喝着酒，谈着航海的故事

我们来自许多国家

包括许多民族

有着不同的语言

但我们是最好的兄弟

有人站起来

用放大镜

在地图上寻找

没有到过的地方

我们的世界

好像很大

其实很小

在这个世界上
应该生活得好

明天，要是天晴
我想拿铜管的望远镜
向西方了望
太平洋的那边
是我的家乡
我爱这个海岬
也爱我的家乡
这儿夜已经很深
初春的夜晚多么迷人

六

在红心木的桌子上
有船长用的铜哨子
拂晓之前，要是哨子响了
我们大家将很快地爬上船缆
张起船帆，向海洋起程
向另一个世纪的港口航行……

1954 年 7 月 24 日晚初稿

1956 年 12 月 11 日整理

选自《诗刊》1957 年 1 月 25 日创刊号

一片槐树叶

纪弦

这是全世界最美的一片，

最珍奇，最可宝贵的一片，

而又是最使人伤心，最使人流泪的一片：

薄薄的，干的，浅灰黄色的槐树叶。

忘了是在江南，江北，

是在哪一个城市，哪一个园子里捡来的了，

被夹在一册古老的诗集里，

多年来，竟没有些微的损坏。

蝉翼般轻轻滑落的槐树叶，

细看时，还沾着些故国的泥土哪。

故国哟，啊啊，要到何年何月何日

才能让我再回到你的怀抱里

　去享受一个世界上最愉快的

　　飘着淡淡的槐花香的季节？……

1954 年

选自《槟榔树乙集》，现代诗社 1967 年 8 月版

如雾起时

郑愁予

我从海上来，带回航海的二十二颗星。

你问我航海的事儿，我仰天笑了……

如雾起时，

敲叮叮的耳环在浓密的发丛找航路；

用最细最细的嘘息，吹开睫毛引灯塔的光。

赤道是一痕润红的线，你笑时不见。

子午线是一串暗蓝的珍珠，

当你思念时即为时间的分隔而滴落。

我从海上来，你有海上的珍奇太多了……

迎人的编贝，嗔人的晚云，

和使我不敢轻易近航的珊瑚的礁区。

1954 年

选自《郑愁予诗选集》，志文出版社 1974 年 3 月版

乡音

郑愁予

我凝望流星，想念他乃宇宙的吉普赛，

在一个冰冷的围场，我们是同槽拴过马的。

我在温暖的地球已有了名姓，

而我失去了旧日的旅伴，我很孤独，

我想告诉他，昔日小栈房炕上的铜火盆，

我们并手烤过也对酒歌过的——

它就是地球的太阳，一切的热源；

而为什么挨近时冷，远离时反暖，我也深深纳闷着。

1954

选自《郑愁予诗选集》，志文出版社 1974 年 3 月版

1955^年

玛娜娜（节选）

郭沫若

一

哦，可爱的小妞妞玛娜娜，

你穿着一身的红绒衣，

你真像一朵红的蔷薇花！

你的年纪才只有四岁多，

远远地走了两公里的路，

你特意到休养所来找我献花。

缱绻的阳光已经西斜，

你站在一株木莲花树下，

听说你已经等了两三小时，

但你终于找着了我。

你献给我一束红的蔷薇，

你献给我一个小的鹦鹉螺。

红蔷薇正在处处开红花，

鹦鹉螺在这黑海边还不曾见过，

这在你会比珍珠还要宝贵得多。

哦，可爱的小妞妞玛娜娜，

你是要我把它当成一个小酒杯，

永远喝不尽这生命之水？

多谢露卓依大姐的帮忙，

她替你和我照了一张相。

你高兴地坐在我的身边，

在这黑海岸的一只木凳上。

哦，眼面前是多么壮美的风光！

蔚蓝的海，葱青的天，碧绿的山，

白纱般的薄雾在山顶连绵，

葱茏的山木都含着情意涓涓，

不管黑海里的波澜，

在此刻是怎样地惊险。

我说了"低低马次洛布特"！

我说了"那赫汪牟底"！

——谢谢你呀，再见！

节选自《长江文艺》1955 年 1 月号

姑娘是藏族卫生员

梁上泉

一

"不要那样看我

不要那样看我

我脸红得像团火

年轻的牧人啊

不要把我认错

姑娘是藏族卫生员

到你帐篷里来是作防疫宣传

不是找你有话说……"

"别怪我这样看你

别怪我这样看你

藏家有了'门巴'哪个不惊喜

年轻的姑娘啊

草地的白衣天使

谁的眼睛不对你表示爱慕

你又何必难为情

牧人用一颗心在迎接你!"

二

"不要开玩笑

不要开玩笑

别故意让门口的猎犬向我狂叫

强壮的猎手啊

猎犬厉害我知道

姑娘是藏族卫生员

有红十字药包挂腰间

来打预防针不怕你阻拦!"

"玩笑是好意

玩笑是好意

你又何必生气

年轻的姑娘啊

我们的藏檀树

听说你注射的手艺高强

我第一个伸给你臂膀

但你别慌，猎犬不会把你咬伤！"

　　　三

"阿妈不要留我

阿妈不要留我

我还要到雪山那边的保健站

不喝你家的酥油茶

不吃你家的青稞面

姑娘是藏族卫生员

只有一句心里话

祝你母子都平安！"

"我怎能不留你

我怎能不留你

我爱你胜过亲生女

这胖胖的孩子微笑的脸

都是你灵丹妙药带来的

多亏那北京医生教会你

阿妈回敬你一句话

保佑你寻下个好女婿……"

　　　选自《长江文艺》1955 年 1 月号

高原上的友情

高平

藏胞端着青稞酿的酒，

战士端着山水煮的茶，

一齐从幔篷里跑出来，

迎接苏联专家。

我们围着他，

坐在大树下，

眼睛看着眼睛就够了，

用不着说什么话。

从这棵茂密的大树，

到光芒四射的莫斯科，

这是多么远的路程！

这是多么深的友情！

在美丽的莫斯科，

他有崭新的汽车，

今天却穿上中国的胶鞋，
踏着原始森林的泥巴。

在莫斯科的家里，
儿女正想念着他；
他却坐在康藏的山石上，
抚摸着藏族小孩的头发。

在莫斯科他有漂亮的花园，
装饰着每一个季节；
他却蹲在康藏的河滩上，
帮我们种植鲜花。

是十月革命的劳累？
还是斯大林格勒的日日夜夜？
还不到六十岁的人，
就白了一多半头发。

康藏公路上的每一阵风里，
都带着中苏友好的赞歌。
我们一起走在山路上，
把共产主义的种子撒下。

选自《解放军文艺》1955 年 2 月号

无题

罗盛教

当我被侵略者的子弹打中以后，
请你不要在我的尸体前停留；
应该勇敢继续前进，
为朝鲜千万人民与牺牲的同志复仇！

附注：罗盛教，湖南人，志愿军某部文书，因救溜冰落水的朝鲜少年崔莹自己沉入冰底而牺牲，充分表现了中国人民志愿军的国际主义精神。朝鲜人民为了纪念他，以他们自己的丧礼隆重地葬他于朝鲜的国土上，并命所在地的河为罗盛教河。此诗是他生前所作，记在他的日记本上。

选自《中国人民志愿军战士诗》，人民文学出版社 1955 年 3 月版

边疆的江河

周良沛

边疆有好多这样的江河，
从丛山、平原蜿蜒流过，
江水腊月不冰冻，六月不沸腾，
水声哗哗地响，却没有波浪。

晚上，江上到了一群姑娘，

持着火把，来捉田鸡，

江水因她们的泼弄而嬉嚷，

顽皮地摇荡着倒映的火把光，

等姑娘们带着筐篮和田鸡的叫声归去，

宁静，来到这打洛江上。

白天，人们在这里洗米，汲水，

晚上，人们却在睡梦中把它忘记。

可是有人每夜在它身边昂立，

不管火把来了或者归去；

江水每夜照旧地流着，

却在他们脑子里留下不同的记忆。

他们站在这里一个晚上又一个晚上，

每夜，

待人们在繁星的熄灭中醒来，

这里就匆忙地响着挥动镰刀斧头的声音，

有了他们，生活才这么自然而有规律，

像电力开动了旋转的机器。

他们站在这里，望着界河，

眼睛带着警惕，带着欢喜，

江水被夜色染黑了，

却披着他们眼里的光亮——

像太阳从山后升了起来，

江水就泛着金光……

边疆有好多这样的江河，

也许地图上没写上它的名字，

但这些江河都有战士在守望，

江水呵，夜夜泛着金光！

选自《解放军文艺》1955 年 3 月号

青色的城

袁鹰

我爱你，青色的城，

当炊烟浮起和汽笛喧闹的黄昏；

我爱你，青色的城，

当白杨荫下走过欢笑着的人群。

大青山当你的横枕，

大黑河镶你的衣裙，

青青的草原做你的衣裳，

呼和浩特，你比什么时候都动人。

你是草原上跳跃的心脏，

千丝万缕连系住人们的心；

颗颗心连着呼和浩特，

颗颗心向着北京城。

从伊克昭盟肥美的草地，

到呼伦贝尔苍郁的森林，

一道黄河十八道弯，

比不上蒙汉弟兄的深情。

选自《旅行家》1955 年第 3 期

歌德、席勒铜像

——纪念席勒逝世一百五十周年

冯至

我们望着这座铜像，

像是望着德国人民的心；

手携着手，肩并着肩，

这里站立着两个诗人。

当时德国人民的心里

有一个最大的痛苦：

二三百个小暴君

分割他们美丽的国土。

当时德国人民的心里

有一个最大的愿望：
要消除那二三百个关卡，
通行无阻在自己的土地上。

诗人用人民的语言
说出这些痛苦和愿望，
在人民的面前塑造出
暴君反抗者的形象。

如今在德国国土的一半
实现了几百年的愿望，
消灭了大大小小的暴君，
到处是人民胜利的歌唱。

在那一半，大大小小的暴君
把关卡连成一条界限，
这界限把一个民族分开，
像把一个心分成两半。

这两个并肩携手的诗人，
他们的诗句万古长新：
他们说，一定要消除界限，
一个心不能这样长此割分！

选自《北京日报》1955 年 5 月 10 日

蜜月旅行

罗门

美的情意，丽的旅程，
三轮车四轮车如鸟飞在蜜月的花林中……

我眼睛是静静的潭水，
沿途摄下爱人笑中的容颜，
我手臂是宫廷的圆柱，
爱人绕着它昼夜圆舞，
爱人的小嘴是粉色的小邮票，
我的心是密封着的快活的情书。

大雾里，我呼舵手将汽艇急驰，
让爱人倒入我怀中闭眼，
默数爱情在幸福中航行的速度，
谷风吹开爱人的圆裙如百合花欢放，
我蹲下意欲托住，却怕日月潭水低低窃笑。

疲惫熟睡在蜜月的摇篮里，
爱情散香在回忆的花园中。

选自《公论报·蓝星》周刊，1955 年 5 月第 48 期

剥去假面现原形

公木

（读舒蕉"关于胡风反革命集团的
一些材料"后打油）

灵魂要比浓夜黑，
野心要比地球大，
诡计要比狐狸多，
而今露出大尾巴。

伪装穿了二十年，
革命面具遮狼脸。
一旦把它剥下来，
这样一个大坏蛋！

他要请你吃水饺，
皮儿用的是微笑，
馅儿包的是侮蔑，
尝尝这是啥味道？

和你握手来言欢，
手执一条橡皮鞭；
橡皮里面包钢丝，
骨头打伤皮不烂！

开关工作不放松，
联络人来争取人；
到处安上小据点，
遍山旗帜布疑阵。

腰插集束手榴弹，
且打滚来且作战；
眼看此路行不通，
变个法子施软功：

开言叫声同志们，
我底心里很沉重，
知识分子革命性，

我和人民共命运……

狐狸变成泪美人，
尾巴摇摇没处存。
再想骗人哪能行？
剥去假面现原形！

选自《文艺学习》1955 年第 6 期

就在同一个时间

邵燕祥

我问年轻的情人们，

你们可知道：就在同一个时间，

你们刚寄出一封充满光明和热情的信，

相约在下一个星期天见面；

而胡风的老婆正把一批黑信

丢进邮筒，急匆匆拐进了小胡同，

谢韬正从城外赶进城来，

跑到秘密碰头的地点。

我问勘探队员，你带着新采的矿样

从遥远的山野奔向北京，

你可知道：芦甸也挤上同一列车，

他是去领取胡风的指令。

我问工区主任，你正打开施工的图纸，

看着、想着，抚摸着点点线线，

你可知道：一卷机密的传达记录

已经暗地里偷送到欧阳庄的手边。

我问同学们，傍晚你们走进图书馆，

在灯下摊开一天的笔记，

你们可知道：有一间密室里

灯下是谁，在这同一个时间？

绿原，徐放，你一篇，他一篇，

替胡风偷抄党内文件；

这时在另一间密室的灯下，

正在通过发展反革命组织的名单。

在同一个时间，远方的草原上，

航空磁测的飞机刚刚归来，

在炼出第一炉沸腾钢的炼钢炉旁，

大家谈笑着擦去满脸的汗；

你们可知道：胡风正召开秘密会议，

一忽儿满脸狞笑，一忽儿暴跳如雷，

压低嗓门表扬，捶胸顿脚痛骂，

布置着：打进党，打进军队，打进文化团体和经济机关！

母亲们：你们的孩子睡得多甜，

别让他做噩梦，这是你们的心愿，

这里，肥胖的小手，深深的酒窝；

那里，胡风在磨着牙齿磨着剑！

胡风狂妄地宣布："时间开始了！"

他打着"五年为期"的如意算盘；

但是我们并没有沉睡不醒：

"住嘴！结束了——你们的时间！"

……在我们广阔的国土上，

爱国的人民千千万万！

但是也决不只有一个胡风，一个阿垅……

也决不只有一个胡风集团。

亲爱的人们，提高警惕，

肃清一切反革命分子！

不管他是黑皮黑心，红皮白心，阴脸阳脸，

不管他潜逃到天边地角，

还是钻到了我们的堡垒中间！

　　　　选自《人民日报》1955 年 6 月 30 日

把奸细消灭干净

艾青

最可怕的是戴着假面的人，

最可怕的是"阴暗的聪明"，

看他们外表也有人的模样，

但在身体里却是狗肺狼心；

什么是"革命的理论家"？

什么是"进步的诗人"？

有的来自"中美合作所"，

有的来自蒋介石的"剿共军"；

什么是他们的"真诚"？

——彻骨地仇恨中国人民；

什么是他们的"理想"？

——要把我们"一年肃清"！

这批毒蛇也真够疯狂，

居然钻进了我们的心脏；

为了破坏我们的手建的天堂，

就挑拨离间、造谣中伤……

如今他们的外衣已被剥去，

妖魔鬼怪都露出了原形，

一个个躺在阳光的下面，

发黑的毒汁流淌在唇边……

这类东西不会"放下屠刀"，

也别想"在忍受中求得重生"！

为了我们的子孙万代，

就必须把奸细消灭干净！

选自《文艺报》1955 年第 12 号

石榴树

洛夫

假若把你的诺言刻在石榴树上
枝桠上悬垂着的就更沉重了

我仰卧在树下，星子仰卧在叶丛中
每一株树属于我，我在每一株树中
它们存在，爱便不会把我遗弃

哦！石榴已成熟，这动人的炸裂
每一颗都闪烁着光，闪烁着你的名字

1955 年 7 月 10 日
选自《洛夫精品》，人民文学出版社 1999 年 9 月版

百鸟衣（节选）

韦其麟

一　绿绿山坡下

绿绿山坡下，
清清溪水旁，

长棵大榕树，
像把大罗伞。

山坡好地方，
树林密麻麻，
鹧鸪在这儿住下，
斑鸠在这儿安家。

溪水清莹莹，
饮着甜又香，
鹧鸪在这儿饮水，
斑鸠在这儿喝茶。

春天的时候，
满山的野花开了，
浓浓的花香呀，
闻着就醉了。

夏天的时候，
满山的野果熟了，
甜甜的果子呀，
见着口水就流了。

秋天的时候，
满山的枫叶红了，
红叶随风飘呀，

蝴蝶满山飞。

冬天的时候，
小溪仍歌唱，
松林仍旧青，
像春天一样。

四周的小鸟儿，
都飞到这里，
早晨唱着歌，
黄昏唱着歌。

小鸟儿为什么飞来？
小鸟儿为什么歌唱？
因为这儿太好了，
因为这儿太可爱了。

美丽的鹧鸪住在山坡上，
好心的古卡家住在山坡下；
爱唱的小鸟儿住在榕树上，
好心的古卡家住在榕树下。

在树荫下面，
长不起一根青草；
在恶人家里，
生的儿女没个好。

美丽的花朵，

树荫下面开不了；

善良的后生，

恶人家里难寻找。

在风风雨雨里，

青草长得壮又快；

在好心人家里，

生的儿女个个乖。

在阳光下面，

花才开得好看；

在好心人家里，

生的后生才能干。

青草长在风雨里，

乖乖的古卡生在穷人家里；

红花开在阳光里，

英俊的古卡生在好心人家里。

苦楝子熟的时候，

叶已落光了；

古卡在娘肚子里，

爹就死了。

爹死在哪儿？

爹死在衙门里。

爹为什么死？

爹给土司①做苦工累死。

娘哭了十天十夜，

眼泪流了十海碗，

眼泪流干了，

娘把希望寄托在肚子里。

爹死了八个月，

春天就到了，

杨柳发芽了，

枯草转青了。

百鸟齐声唱，

百花同开放，

白胖胖的古卡，

哇哇地生出来了。

生下的是男娃娃，

娘的心高兴了，

日夜看古卡，

日夜睡不着。

---

① 土司：官名，古代封建统治者在湖广等处，凡少数民族聚居之地，皆设土司治之。

娘想起爹，
泪就落了，
娘看着古卡，
心里就亮了。

像春天的竹笋一样，
古卡日夜成长。
白圆圆的脸会朝着娘笑了，
乌亮亮的眼睛会认出娘了，
红扁扁的小嘴会叫娘了，
肥胖胖的手脚会爬地了。
娘看见这些啊，
高兴得三天三夜睡不着觉。
没有花就没有果子，
果子从花蕊里结成；
没有娘就没有古卡，
古卡从娘的怀里成长。

古卡五岁了，
娘记得清清楚楚，
别人不相信，
说至少八岁也没错。

大家赞美古卡：
"天保佑他长啊！"

古卡挺起胸脯：
"是我自己长的。"

人家赞美古卡：
"爹在天也安心啦。"
古卡便问娘：
"我为什么没有爹呀？"

娘的心一痛，
眼泪就流下，
抱起小古卡，
忍心骗了他：

"爹出远门去了，
给古卡找宝贝去了，
给古卡找珍珠去了，
爹就要回来了。

"听娘的话：
不要再问爹了，
一问起爹，
爹在路上就难走啦。"

像一棵小树一样，
古卡一天不同一天地成长。
娘下地的时候。

古卡会帮娘看屋了；

娘挑水的时候，

古卡会帮娘洗菜了；

娘补衣的时候，

古卡会帮娘穿针了；

娘出门的时候，

古卡会帮娘煮饭了。

娘看见这些啊，

高兴得三天三夜睡不着觉。

像岩石上的树，

巴着石缝里的泥沙生长；

娘就是石缝里的泥沙，

古卡凭着娘的抚养成长。

古卡长到十岁了，

十岁的娃娃该读书了。

古卡对娘说：

"给我买书，我要识字。"

娘的额头一皱，

拉起古卡的手：

"买书要用钱，

我家连吃也不够。"

肚里的闷葫芦吐出了，

古卡的心怯怯跳：
"爹什么时候回来？
带回宝贝就有钱了。"

娘的眼湿了：
"爹不能回来了。"

"为什么不能回来？
爹到哪儿去了？"

"爹到阎罗王那儿去了，
在那儿享福不回来了。"

"阎罗王在哪儿？
我去找爹回来。"

"路太远了，
你去不了。"

"什么地方我都能去，
爹我一定要找到。"

"爹不愿跟娘在一起，
找着爹也不回来了。"

"爹为什么不爱我？

爹为什么不愿跟娘在一起？

娘的心碎了，
娘的泪落了，
娘搂着古卡，
泪滴在古卡脸上。

"苦命的儿啊，
爹不能回来了，
你还在娘肚里，
爹就不在世了。

"不是爹不爱你，
不是爹不愿和娘在一起；
是土司拉爹到衙门里，
爹做苦工累死了。"

懂事的古卡啊，
不再问爹了，
懂事的古卡啊，
他对娘说：

"娘不要哭了，
我不要书读了，
我明天打柴去，
帮娘做点活。"

十岁的娃娃该读书，
可是古卡不能读。
十岁的娃娃怎能干活？
可是古卡从此打柴干活。

爹用的柴刀，
十年不用了，
娘把它拿出来，
重新磨利。

爹用的扁担，
虫蛀朽了，
娘砍一枝竹，
重新做一条。

爹用的脚绑，
太长太大了，
娘把它剪断，
做成两条。

爹穿的草鞋，
早就坏了，
娘编起稻草，
做了几双。

娘给穿上了草鞋，

娘给打上了脚绑，

拿起了柴刀，

扛起了扁担，

古卡打柴去了。

选自《人民文学》1955 年 7 月号

三门峡

冯至

黄河冲开了三座石门，

据说是在洪荒的时代，

从此它流向平原，

奔向东方的大海。

它在黄土平原上横行，

把无穷的灾害带给我们祖先；

夜半听着它急流的声音，

还想得到多苦多难的昨天。

石门挡不住滔滔的河水，

却阻挡着河水上的行船；

鬼门、神门都不能通过，

通过人门也要冒着危险。

为了千百年的船缆、船篙，
石壁上凿出来石孔、石槽；
人们怎样和自然搏斗，
这是最真实的报道。

如今这一切都要成为过去，
三门峡就要改变面容。
汹涌的河水要听我们使唤，
它再也不能在平原上横行。

坚固的水坝代替凶恶的岩石，
把水和电向远近输送，
千万亩的庄稼在和平里生长，
大小厂矿的机器在和平里开动。

我们用五六年有限的时间，
结束千百年无限的痛苦；
我们用十几年有限的时间，
创造千百年无限的幸福。

1955 年 6 月 20 日　夜

选自《人民日报》1955 年 8 月 2 日

投入火热的斗争

　　——致青年公民，并献给全国青年社会主义建设积极分子大会

郭小川①

"喂，

年轻人！"

——不，我不能这样称呼你们，

这不合乎我的

　　　　　　　　也不大合乎你们的身份。

嬉游的童年过去了，

于是你们

一跃

而成为我们祖国的

　　　　　　　　光荣的公民。

也许

　　你们心上的世界

　　如蓝天那样

　　　　　　明澈而单纯，

就连梦

都像百花盛开的旷野

　　　　　　那般清新……

然而迎接你们的

————————————

　　①　原文署名"马铁丁"。

却不尽是

　　　　小鸟的

　　　　　　悦耳的歌声，

在前进的道路上

还常有

　　　凄厉的风雨

　　　　　　和雷的轰鸣……

祖国

　　它无比壮丽

　　　　　　　但又困难重重呵！

在那遥远的海上的早晨，

高悬五星红旗的

　　　　　　崭新的轮船，

满载了货物

　　　　　迎着太阳的万道金光

　　　　　　　　在远方隐没；

而帝国主义的机群

却正载着

　　　仇恨和惊惶

　　　　　　呼啸而过。

成群结队的货车

在青藏公路的中途停歇下来了，

草绿色的帐幕

　　　　在晚霞的光照下

　　　　　　　海浪般闪烁；

这时，在一万公尺以上的高空，

敌人的飞机

        有时会

           忽然掠过,

而带着凶器和电台的特务匪徒

    在黑夜中

        暗暗降落。

当飞鸟离窠的时候,

田间的大路上

        扬起了欢乐的歌声,

农民们赶着牲口

把一束束成熟了的庄稼

           运回生产合作社,

而隐伏在林子里的富农

         敌意地探视着,

要寻找机会

        挑起乡村的纷乱和风波。

在喧闹的城市

        ——这社会主义的中心,

汽笛的声浪

        豪迈地向四方

           传播,

工人们不倦地

        边走边谈着

           明天的工作;

这时,资产阶级的反动人物

正奢华而又懦怯地

　　　　　　大宴宾客，

不，他们是在狼一般地

　　　　　　　聚议着什么！……

公民们！

这就是

　　　　　我们伟大的祖国。

它的每一秒钟

　　　　　　都过得

　　　　　　　　极不平静，

它的土地上的

　　　　　　每一块沙石

　　　　　　　　　都在跃动，

它每时每刻

都在召唤你们

　　　　　　投入

　　　　　　火热的斗争

斗争

　　这就是

　　　　生命，

　　这就是

　　　　最富有的

　　　　　　人生。

不要说：

　　　　"我年纪轻轻

　　　　担不起沉重"

不，

命运

　　把你们的未来

　　　　　　　　早已安排定，

你们的任务

　　将几倍地

　　　　超过你们的年龄

前一代——

　　你们的父辈

真正称得起

　　　　开天辟地的

　　　　　　　　先锋，

他们用

热汗和鲜血

　　　　做出了

　　　　　　前人所梦想不到的事情，

而伟大到无边的

　　　　　　事业

　　　　　　　却还远没有完成，

你们当然会

　　　　加倍地英勇

　　　　　　　以竟全功

上前去！

　　　　把公开的和隐蔽的敌人

　　　　　　　　消灭干净，

一切剥削阶级

　　　　也要叫它

深深埋葬在坟墓中

只有残酷的斗争

才能够保证

那崇高的

和平的

幸福的劳动。

呵呵，你们这一代

将是怎样的

光荣！

不驯的长江

将因你们的战斗

而绝对地服从

国务院的命令，

混浊的黄河

将因你们的双手

变得澄清，

北京的春天

将因你们的号令

停止了

黄沙的飞鸣，

大西北的黄土高原

将因你们的劳动，

变得

和江南一样

遍地春风。

光焰万丈的

     共产主义大厦

将在你们的年代

        落成。

公民们，

至于你们中间的

        每一个，

那用不着

     我来说什么。

记住吧，

祖国需求于你们的

       比任何时候

         都要多，

而它的给予

     也从不吝啬，

我们贡献给它的越多

     你们的生活

      也越光辉

       越广阔……

1955 年 4 月—8 月写成

选自《人民文学》1955 年 10 月号

饮一八四二年葡萄酒

余光中

何等芳醇而又鲜红的葡萄的血液！
如此暖暖地，缓缓地注入了我的胸腔，
使我欢愉的心中孕满了南欧的夏夜，
孕满了地中海岸边金黄色的阳光，
　　和普罗旺斯夜莺的歌唱。

当纤纤的手指将你们初次从枝头摘下，
圆润而丰满，饱孕着生命绯色的血浆，
白朗宁和伊丽莎白还不曾私奔过海峡，
但马佐卡岛上已栖息乔治桑和肖邦，
　　雪莱初躺在济慈的墓旁。

那时你们正累累倒垂，在葡萄架顶，
被对岸非洲吹来的暖风拂得微微摆荡；
到夜里，更默然仰望着南欧的繁星，
也许还有人相会在架底，就着星光，
　　吮饮甜于我杯中的甘酿。

也许，啊，也许有一颗熟透的葡萄，
因不胜蜜汁的重负而悄然坠下，
惊动吻中的人影，引他们相视一笑，

听远处是谁歌小夜曲，是谁伴吉他；

　　生命在暖密的夏夜开花。

但是这一切都已经随那个夏季枯萎。
数万里外，一百年前，他人的往事
除了微醉的我，还有谁知道？还有谁
能追忆那一座墓里埋着采摘的手指？
　　她宁贴的爱抚早已消逝！

一切都逝了，只有我掌中的这只魔杯，
还盛着一世纪前异国的春晚和夏晨！
青紫色的僵尸早已腐朽，化成了草灰，
而遗下的血液仍如此鲜红，尚有余温
　　来染湿东方少年的嘴唇。

　　　　1955 年 9 月 29 日

　　　　选自《余光中诗选 1949—1981》，洪范书店 1981 年 8 月版

金色的海螺

阮章竞

我记得是在芭蕉林里，
跟邻家婆婆学唱儿歌。
我学会一个又学一个，
天天都灌满两只耳朵。

这个金色海螺的童话，
现在还唱得一点不差。
如果问我那时候几岁，
反正很小还没有换牙。

　　一

在大海的那边，
有过一个少年，
他没有父母，
他没有远亲。

一年三百六十个早晨，
他从来不肯贪睡懒觉。
不管大海涨潮和退潮，
天天比太阳起得都早。

他带着鱼网，
来到海滩上。
他撒下了鱼网，
朝着大海歌唱：

　　"大海睡醒了，
　　绿绸被子似的海水蹬动了。
　　东方要亮了，

鱼肚白般的青光泛起来了。

看那一堆一堆的白泡沫，
多像一簇一簇的素馨花。
太阳娘娘在海底洗脸了，
一会就撒出金红的彩霞。"

年年都有十二个月，
不管天冷还是天热，
他天天用好听的歌，
把太阳娘娘来迎接。

有一天，中午了，
海潮刚退了，
海风不吹了，
海不呼啸了。

大海平，平的像绿野，
平得像铺着一张芭蕉叶。
那些调皮捣蛋的小金星，
在蓝色的海面上忽明忽灭。

少年收起了鱼网，
吹着清清的哨声。
他走过闪光的沙滩，
沙滩留下了很多脚印。

少年忽然看见，
一片金光闪亮，
有一条红色金鱼，
搁浅在白沙滩上。

小银嘴，一张一合，
红金腮，一鼓一收。
那个闪着银光的肚子，
没有气力地一动一抽。

天上的日头晒呀！
海边的沙子煎呀！
一只贪嘴的老乌鸦，
拍着翅膀飞过来啦！

小生命，永不能，
再回到蓝海里穿波浪，
小生命，永不能，
再回到蓝色的水家乡！

多可怜，多可怜，
眼看让老鸦啄成碎片！
少年捧起了小金鱼，
飞身跑向海水边。

轻轻地把金鱼放进水里，
轻轻地帮助金鱼游动。
他长久地等着等着，
他长久地没有笑容。

时间很慢很慢地走着，
小鱼尾慢慢地会摆了。
时间很慢很慢地过去，
小金翅慢慢地会动了。

小银嘴会吐出小泡泡，
小金鱼被救活过来，
她再三地望了望少年，
才慢慢地游进大海。

二

头一天那样过去了，
第二天又这样来了。
这个少年人的歌声，
像树叶儿一样在海水上漂：

"太阳娘娘呀，
出来罢，出来罢！
拨开蓝色的海浪，
放出金红的朝霞……"

他撒下了补结的鱼网，
从海水里往沙岸上拖。
没有大鱼也不见小虾，
只有一个金色的海螺。

唉唉！他长叹了一口气，
又把鱼纲撒到大海里去。
没有心思看看金色的海螺，
更远地扔进蓝色的海里。

他又拽起鱼网的纲绳，
从海水里往沙岸上拖。
没有大鱼也不见小虾，
又是那个稀奇的海螺。

唉唉！他泄气地躺在海滩上
忍受着饥渴的折磨。
海螺悄悄地爬到他手上，
一阵一阵的金光闪烁。

少年无意中托起海螺，
惊奇地发现它的美丽：
像雨后晴天的彩虹，
在他的手里闪来闪去。

少年把海螺带回家去，
养在一个清水缸里。
他拿了网针和麻绳，
在柳荫下补结网子。

太阳落山了。
肚子饿扁了。
拿什么来填肚子？
唉唉！少年愁死了！

少年走进了大门，
闻到一阵一阵的香味。
一桌好吃的饭菜，
惹得他直咽口水。

谁家请客弄错了地方？
还是自己走错了家门？
难道是饿得做起梦来？
还是饿得两眼看不清？

看屋里，只有他自己，
跑门外，没有第二个影子。
他只好坐在门坎上看守着，
等弄错了地方的人来搬去。

一更、二更都看守过去，

少年遇到的是件苦差事：
好饭越放越冒气越发香，
肚肠像打转转的车轮子。

肚饥不容人再讲客气，
吃饱了好饭再讲道理。
香香甜甜地睡个好觉，
明天早起来，好好去打鱼。

第二天，少年又去打鱼，
回来坐在柳荫补结网子。
补好了网子回到家里，
又有一桌好吃的饭食。

肚饥不容人再讲客气，
吃了也就是这么回事。
香香甜甜地睡个好觉，
明天早起来，好好去打鱼。

第三天，少年照样去打鱼，
回来坐在柳荫补结网子。
补好了网子回到家里，
又有一桌好吃的饭食。

少年填饱了肚肠，
想想是怎么回事？

要是请客该有主人，
送错也不会好几次？

少年想了一个整夜，
没有想出一个头绪。
白白地吃了三天好饭，
实在叫少年过意不去。

这一天，少年又去打鱼，
但是他很早就收了鱼网。
他爬上了屋背后的老榆树，
从老榆树爬上屋顶的天窗。

看见有一团五彩的光环，
罩着一个美丽的姑娘。
她穿着月光似的衣衫，
她的头发好像早上的阳光。

她在替少年打扫屋子，
她在替少年整叠衣裳，
她在替少年洗刷杯盘，
她在替少年做菜煮饭。

少年高兴得像长了双翅膀，
轻轻松松地在天空里飞翔。
他推开了天窗跳下房去，

很有礼貌地问那个姑娘：

　　"你是谁家的女儿？
　　你是哪里来的姑娘？
　　你要是错进了人家，
　　我愿送你到要去的地方！"

美丽的姑娘轻轻地微笑，
柔和地闪动那明亮的眼光，
慢慢地理着那阳光似的头发，
说话像淙淙的泉水流淌：

　　"我家住在大海的那边，
　　父亲姓海我叫海螺，
　　我愿意跟你做个朋友，
　　能天天跟你学唱好歌。"

　　"我愿意跟你做成朋友，
　　我愿意天天和你唱歌。
　　可是我家这样的穷苦，
　　又是个没爹没娘的孤儿！"

　　"我不求着绿穿红，
　　也不求有朱门大院，
　　只要有个好心的朋友，
　　比沙糖拌饭还要清甜。

"我不求金银珠宝，
　只求有个勤劳的朋友。
　留下我，留下我吧，
　请你不要把我赶走！"

海螺手蒙住了眼睛，
好像月亮遇到了乌云。
少年怎能够忍心听着，
海螺呜呜咽咽的声音。

"我从来没有流过眼泪，
　只有今天却红了眼睛。
　从我说完这句话以后，
　你就是我家的一个人。"

少年跑出门去，
采野花，割草兰，
野花铺成百花床，
草兰织成青纱帐。

月亮光，穿过了天窗，
屋子里像银粉洒满地上。
少年甜甜地睡在木床上，
海螺香香地躺在花床上。

三

头一个月那样过去了。
第二个月又这样来了。
第二年那样过去了。
第三年又这样来了。

月亮光，穿过了天窗，
屋子里像银粉洒满地上，
少年甜甜地睡在木床上，
海螺悄悄地哭得好心伤！

一针针，替少年缝补衣衫，
一件件，替少年叠好衣裳。
她一次再一次走到少年身边，
摸着少年的头发轻轻地歌唱：

　　"这是最末了的一宵！
　　央央雄鸡你慢些叫！
　　求求天公你慢些亮！
　　让我好好地把他再瞧一瞧！

　　"这是最末了的一宵！
　　我不能不和你告别了！
　　我要是今天不回大海，

明天的高山要变成海礁！

"这是最末了的一宵！

你睡醒觉来不要惊叫！

不要上山寻找下水捞！

我和你是永远分离了！"

海螺的歌声，

像山谷里的流水声音。

少年惊醒了，

急问姑娘为什么伤心。

"不要问，请不要问！

这里有你换的衣衫，

这里有你吃的米粮，

别想我，当作没有过这个人！"

"我向天赌咒，向地许愿，

我的心儿对你永不变！"

海螺连连点点头，

两眶眼泪像涌泉。

"我有什么瞒了你？

我有什么骗了你？"

海螺连连摇摇头，

两肩洒满泪珠子。

"那你为什么要这样说:

你我永远不能再相见?

你是天上多变的云彩?

还是地面上的炊烟?"

"我不是天上的云彩,

也不是地面上的炊烟,

我是三年前的小金鱼,

我是蓝海里的女仙。

"为了报答你的一片好心,

我偷跑到人间整整三年。

水晶宫里,寻找我三整天,

要再不回去,人间遭水淹!"

少年紧紧抓住海螺的胳膊,

生怕她从自己的手里逃脱。

苦苦地哀求有个什么法子,

能够摆脱这场天大的灾祸。

"只有一条风险的路儿可走,

但是可怕得不是人能忍受。

可怕的风险你都忍受了,

你也再不会认我做朋友!"

"什么风险我都不怕，
什么苦头我都能忍受。
不管你跑到哪块天边，
我也要陪伴在你的左右。"

从心里掏出来的言语，
使海螺不能忍心离去。
把金螺壳交给了少年，
叫他藏在深深的山里：

"我的螺壳不在这里，
大海水就冲不上来。
你到珊瑚岛见我的母亲，
求求她不要把我们分开。"

四

少年照着海螺的吩咐，
连夜把螺壳藏在山上。
坐着渔船划进黑黑的大海，
大海忽然掀起可怕的风浪。

少年拼命地划船，
海浪拼命地阻挡。
前头的大浪迎头泼过来，
后头的大浪冲进了船舱。

"黑暗"说话：你不回头，
我要把你连船埋在大海！
"暴风"说话：你不回头，
我要把你的身体撕开！

"大浪"说话：你不回头，
我要把你的小船撞碎！
少年回答：你要夺走我的海螺，
我要把大海倒吊起来！

少年照着海螺指定的方向，
撞破了暴风，
压碎了大浪，
向大海猛冲。

少年在黑黑的大海里，
远远地看见一团红光在升高。
从大山似的浪峰顶上，
远远地出现了珊瑚仙岛。

海神娘娘立在岩石上，
眼睛射着恼怒的光芒。
两条凶恶的鳄鱼护兵，
立刻捉住少年的臂膀。

　　"你拐骗走我的海螺，
　　又敢闯来到我的海岛。
　　你的牛性脾气和大胆，
　　风浪早已经向我报告。"

　　"我们是好得不能分离，
　　海螺绝不是拐骗得来。
　　我大胆地来求求娘娘，
　　不要把我们活活地拆开！"

　　"你想要什么我给什么。
　　只是不能妄想我的海螺。
　　你回去三天之后，
　　不心足再来见我。"

鳄鱼放开了少年，
连船带人抛进海去。
等少年回头一望，
不知仙岛搬去哪里。

少年穿过了风浪，
少年爬上了海岸，
少年向家门飞奔。
屋子已经变了样：

芽草屋，变成一座华丽的房子，

家里什么都是金的银的。
海螺没有一些些笑容，
但是很有礼貌地接他进去。

　　"我祝贺你的胜利，
　　今后可以万事如意，
　　可以拿很多的金银，
　　娶个更好看的妻子。

　　"请把螺壳还给我吧！
　　我后天要回到海里。
　　求你别再向大海唱歌，
　　我就不会大声地哭啼！"

少年生怕海螺走了，
守着海螺寸步不离。
少年守一天好像守一年，
三个整天就这样守过去。

三个整天就那样过去，
第三个黑夜就这样来了。
少年又坐着小船划进大海，
在更可怕的风浪里漂流。

"黑暗"恼叫：你还不回头，
我要把你困死在大海！

"暴风"大喊：你还不回头，
我要把你的嘴巴吹歪！

"大浪"乱冲：你还不回头，
我要把你的鼻子撞下来！
少年回答：你要夺走我的海螺，
我要把大海撕成碎块！

少年突过了黑暗，
少年冲过了风浪，
找到那团远远的红光，
靠近珊瑚仙岛的岩岸。

海神娘娘立在岩石上，
闪着生气的目光。
那两条鳄鱼护兵，
立刻抓住少年的臂膀。

"你不还给我的海螺，
还敢再闯来我的仙岛。
你要嫌我给你的太少，
你要多少我就给你多少。"

"我们是好得不能分开，
我不是来这里做买卖。
我只喜欢我的海螺，

金山银树我也不爱。"

"好看的姑娘可以给你，
只是不给你留下海螺。
你回去三天之后，
不心足再来见我！"

海神娘娘十分生气，
叫鳄鱼把他推下海去。
少年挣扎着回头一看，
珊瑚仙岛早就没有影子。

少年穿过了海浪，
少年爬上了海岸，
少年向家里飞奔，
海螺已经变了模样：

脸蛋像叠成的布条，
眼角像长出了草根，
头发已经变成灰色，
嘴巴都爬满了皱纹。

"放我走，放我走吧！
我受不了魔法的折磨，
如果我再不回到大海，
三天后，就是个干死的老太婆！"

第二天，海螺更老了，
乌黑的头发全白了，
齐整的白牙全掉了；
第三天，躺在床上不动了。

第三夜，狂风大浪，
卷上海岸，漫上山岗。
少年痛苦地猛划着小船，
更可怕的风浪层层拦挡。

"黑暗"发怒：你还不死心，
我要把你埋葬在大海！
"暴风"狂喊：你还不死心，
我要把你的眼睛吹瞎！

"大浪"猛掀：你还不死心，
我要把你的骨头打碎！
少年大声回答：不还我活海螺，
我要把水晶宫砸成小块块！

少年突破了黑暗，
少年冲破了风浪，
找见那团远远的红光，
找见威严的海神娘娘。

少年走上了珊瑚仙岛，
恼怒地双手叉住两腰。
海神娘娘倒是十分客气，
脸上堆满了胜利的微笑。

"海螺已经老死了，
留着不怕别人取笑？
我有成千个美丽的仙女，
由你来选，任你来挑。"

海神娘娘扬起了衣袖，
一群仙女往仙岛飞飘。
每副脸儿都像出海的朝霞，
每双眼睛都像会说会笑。

少年看见了这群仙女，
的确和海螺难分高低。
可是他一想起自己的海螺，
就没有一个叫他称心如意。

"哪一个比海螺低些？
哪一个比海螺差些？
为什么把老死的海螺，
当作春天花，夜明月？"

"我不爱金银也不爱珠宝，

什么也比不上海螺好。
只要你还我的活海螺，
我不管她年青和年老！”

"你这个后生实在固执，
年青的不要偏要老太婆！
别以为我会向你低头，
大海水，能善也能恶！”

海神娘娘把衣袖一摆，
黑浪向少年卷过来。
那两条凶恶的鳄鱼，
立刻把少年抓起来。

"你不还回海螺，
你就别想逃脱！
只要你答应一声，
就把你轻轻地放过！”

黑浪像铁链条一样，
在少年的身上抽打。
狂风像尖刀子一样，
在少年的脸上狠拉。

"你就是乱鞭抽！
你就是乱刀割！

你就是端上水晶宫，
我也不换我的海螺！"

少年像个铁人，
立着动也不动。
他不理会黑浪，
也不理会狂风。

海神娘娘笑容满面，
把鳄鱼喝退在两边，
把滔天的风浪挥退，
赞扬这个真心的少年：

"你赢了，你赢了！
赞美你的大胆和坚定，
赞美你对海螺的真诚，
你赢得了我女儿的爱情。"

海神娘娘赠给少年一颗明珠，
还带给海螺一顶美丽的珠冠；
叫少年合上双眼，
叫清风送回海岸。

少年随风飘飘荡荡，
风平了他才睁开眼望：
自己甜甜地睡在木床上，

海螺微笑地躺在花床上。

海螺跟从前仍是一模一样。
美丽的头上戴着美丽的珠冠；
少年看见自己的手心，
一颗明珠在闪闪放光。

蓝蓝的大海水，
蓝蓝的水上天。
素馨花似的浪沫，
永远不断地涌在海边。

一年这样过去了，
少年成了两个孩子的父亲；
三年这样过去了，
海螺成了四个孩子的母亲。

邻家婆婆教我唱这支儿歌，
我一字没掉唱过好几百回。
到底以后他们有多少个孩子，
唉！就这最后一句没有学会。

　　　　1955 年 4 月 30 日

　　　　选自《人民文学》1955 年 11 月号

观景

苗得雨

我老汉赶车上了土岭。
歇上一歇儿观一观景。
岭下呀赶马鞭子连声响，
三部排犁把地来耕。
咱们合作社的土地一大片哪！
五里以外才能望到边。

掌耙的，那是谁？
那是张家的大小子；
撒肥的，那是谁？
那是李家的二侄子；
你看那溜种子的多仔细，
那是东街上王家表兄弟。

张、王、李、赵成了一家人。
能当梁的就当梁，
能当柱的就当柱。
一家人就是一盘大机器，
皮绳一拉四处都要动起来！

年轻人别笑我入了迷，

你看多么有意思？

老山东，老河西，

老家门口老土地，

老土地里年年耕种就像上"战场"，

这样的"阵势"呀过去哪能比！

土地呀是生活的根，

土地呀是农民的心。

打破了地界根连根，

结成了一家心连心。

心心相印加劲儿干，

齐心改造咱农村！

1954 年春写

1955 年秋改

选自《人民文学》1955 年 11 月号

瀑布

白萩

像傲立高崖上的英雄

阔视着群山豪笑

不屈于命运的峻岩与莽荆

却在历史的陡坡悲壮地陨落

曾以握有闪电的雄心

想力劈封闭的未来

曾以横跨宇寰的腿力

想迈过断落的世纪

在时间的审判前

唱一曲：陨星悲壮的行程

挥着一把清冷的宝剑

插入冥冥的深谷

向三千年后的宿愿宣誓！

选自台北《公论报·蓝星》周刊，1955 年第 78 期

国庆诗草

谢冕

狂欢之夜想起的
——国庆诗草之一

当我离开沸腾的天安门广场

五彩的烟花还在我心中怒放

我激动地翻开了记忆之页

仿佛又回到了福建的海疆

在那里我也曾度过国庆的夜晚

每个节日都过得热烈又紧张

十月的大海总是失去平静

战士的目光穿越大海汪洋

前年的节日在战壕中守夜

我们紧张修工在节日的晚上

没有会餐也没有举行晚会

我们却倍感意义的深长

去年当天安门的歌声起时

我正守在指挥所的电话机旁

耳机里传来前方哨兵的报告

海里头闪现可疑的火光

我们的欢乐引起敌人的仇视

我警惕地把情况报告给营长

巡逻队一组一组地出发侦察

我也守着电话机直到天亮

在这欢乐的节日的午夜

在这万众欢腾的庄严的地方

我珍惜如今每一秒的幸福

我知道什么人在保卫这里的灯光

1955 年 10 月 26 日于北京大学—北京西郊。

有一个青年走在队伍的前面
——国庆诗草之二

在国庆游行队伍的前面
我见到一位穿军装的青年
红墙映着他胸前的奖章
也映着他那英俊的笑脸

东山岛战斗的一等功臣
奖章记载着他的英勇善战
他那惊心动魄的战斗事迹
像一首战歌流传在海防前线

五三年七月蒋贼袭扰东山岛
那时他参军刚过了半年
尽管握锄的手还不习惯打枪
但他要实现自己的誓言

那时部队冲锋受到挫折
班长舍生堵住了枪眼
但部队前进停在了山腰
残敌在山顶新开了火眼

耳畔响着母亲的嘱托
心中燃烧着复仇的火焰

从战友手中接过手榴弹

红旗招展在高地的山巅

今天他走在队伍的前面

带着荣誉走过检阅台前

人们向勤劳的建设者欢呼

也欢呼这来自前线的青年

1955 年 10 月 27 日于北京大学—北京西郊。

这不是梦境
——国庆诗草之三

不，这不是梦境

现在我手举鲜花走过天安门

我看见华表的上空飞翔着白鸽

也看见检阅台前的红灯

我看见毛主席在含笑向我们招手

我看见来自世界各地的观礼贵宾

我看见欢乐的人民向前汹涌

它使我联想到海浪的喧腾

我曾在银幕上看到长安街的花海

我曾在画报上看到鲜花的红领巾

我曾想什么时候我也能这样幸福

亲眼看看这彻夜狂欢的北京

我曾像朗诵心爱的诗篇一样
读着记载有游行的热情通讯
然后又像送一件火急的战报
把报纸转送给前哨的士兵

我也曾站在巨浪拍打的悬崖
昂首眺望北方的夜空
望着那蓝天上繁密的星云
心中描绘广场狂欢的夜景

一个夜晚我做梦到了天安门
幸福的感觉燃烧在心中
突然战友呼唤我上岗
迎着海风我登上峻峭的山顶

小岛上没有信号收不到广播
电话员用听筒接到了北京的声音
战士们围着听筒轮流收听
那时就觉得和北京靠的很近

现在我手举鲜花走过天安门
一切都是真的再不是梦境
你看着十月的太阳多么明亮
映照着黄金般的琉璃瓦屋顶

毛主席站在他宣布开国的位置

指点着社会主义建设的远景

我们尽情欢呼这伟大的节日

我们向祖国表达钢铁的决心

1955 年 11 月 4 日晚，于北京大学燕农园。

选自《北大诗刊》1955 年 11—12 月号

一九五六年骑着骏马飞奔而来

谢冕

当兴安岭下飞舞着雪花

江南的腊梅初吐芳香

当家家门口贴上耀眼的春联

我听见一九五六年的脚步在响

一九五六年骑着骏马飞奔而来

它把五亿的农民拜访

像春风带来花开草绿

它把合作化的喜讯传到各方

它祝福李顺达多多增产

它希望徐建春积极扫盲

它说它走过哪里

哪里就要出现合作化的农庄

新年度骑着骏马飞奔

来到冬季施工的第一汽车厂

工人们向新年度热烈欢呼

"我们的汽车就要跑在公路上"

新年度来到三门峡

黄荡的河水发出欢唱

新年度来到北大荒

遍地的麦苗在苗长

新年度越过仙霞岭

鹰厦铁路施工正紧张

铁道兵和民工紧紧握手

"要提早把铁路铺向前方"

新年度骑着骏马飞奔

来到波浪翻滚的炮阵地旁

年青的炮手把春联贴上炮身

又把野花插满伪装网上

在北京大学的未名湖畔

我也听见一九五六年的脚步在响

虽然冰霜封冻着大地

可是我的心却燃烧得发烫

祖国的每一天都不平凡

新来的年度又是这样的充满阳光

我要不虚度每一个有意义的时日

像勤劳的工人农民那样

1955 年 12 月 18 日

于北京大学

选自《北大诗刊》1956 年 1 月号

蓝色的细雨

傅仇

蓝色的蓝色的细雨，

穿过森林，落在地里，

我多么喜欢蓝色的细雨，

润湿了我耕种的青稞地。

　　姑娘，你可不要生气，

　　润湿了你的绿色珊瑚，

　　打湿了你的美丽花衣。

　　姑娘，你还有什么话要问哩？

蓝色的雨啊，雨啊，我问你，

你是从树海里来的，

你可曾见着阿里，

他穿着蓝色的雨衣。

　　姑娘，见着啦！
　　真是个好伐木工人哩。
　　他叫飞鸟走兽都搬了家，
　　他把帐篷挂在树海里。

你可曾见着他的斧头，
砍了多少树木？
你可曾见着他们的林场，
堆了多少树木？

　　姑娘，这可很难估计！
　　你可以数数从森林里飞出的木材，
　　试试你的眼力，也许能猜出，
　　哪些木材是阿里砍的。

你可知道阿里，
可有什么东西占去了他的心？
你可知道阿里，
他在森林是不是感到满意和欢喜？

　　姑娘，说起来会吓坏你！
　　森林占去了他的心，他已着了迷。
　　阿里把爱情送给了森林，
　　森林把幸福送给了阿里。

哦！蓝色的细雨，蓝色的细雨，
润湿了青稞地，也润湿了我烦躁的心。
我愿多下几场蓝色的细雨，
我愿常听见森林的消息。

姑娘，可惜我不能再转回森林去，
不能把你的心情告诉伐木的阿里。
姑娘，要是天上不降蓝色的细雨，
请你千万不要烦躁，不要生气！……

1955 年 11 月
选自《西南文艺》1956 年 4 月号

在云彩上面

雁翼

我们的工地，在云彩中间，
我们的帐篷，就搭在云彩上面，
上工的时候，我们腾云而下，
下工的时候，我们驾云上天，

白天，我们和云雀一起歌唱，
画眉鸟也从云下飞上山巅，

夜里，我们和星斗一起谈笑，
逗引得月亮也投来笑颜。

当我们过节的时候，
在云上演剧，跳舞，
当我们开庆祝会的时候，
摘下朵朵云霞挂在英雄的胸前。

当我们饿了的时候，
砍下云上的柏枝烧饭，
当我们口渴的时候，
就痛饮云上的清泉。

当炎热的季节到来，
云上的松树拾我们撑伞，
当寒冷的冬季来临，
我们砍下云上的松枝，把篝火点燃。

篝火的青烟升入高空，
带着我们的欢笑飞过群山，
它告诉远近的人民，
云彩上面有了人烟。

它告诉我们亲爱的领袖，
我们正按照你的意志改变荒山，
它告诉我们亲爱的祖国，

你的儿女战斗在云彩上面。

1955 年 11 月 29 日于雨嚎山下

选自《西南文艺》1956 年 5 月号

火葬

纪弦

如一张写满了的信笺，

躺在一只牛皮纸的信封里，

人们把他钉入一具薄皮棺材；

复如一封信的投入邮筒，

人们把他塞进火葬场的炉门⋯⋯

总之，像一封信，

贴了邮票，

盖了邮戳，

寄到很远很远的国度去了。

1955 年

选自《槟榔树乙集》，现代诗社 1967 年 8 月版

寂寞之光

罗门

从飘雪的人海归航，我意志的三桅船冷湿了，

烧音乐的电炉，我煮饮浓香的咖啡于心灵之厅，

过来同饮吧！我的邻居好友——寂寞

那金色的和暖的时辰又已升上，

在你平静的牧场，我的思想常如走动着的羊群；

此刻我焚无数火焰树在彩窗前迎你，

独为你放下那道防止行人通过的吊桥，

在无光的冬夜，我这里通明温馨刻刻等你，

我已熟悉你来时踏响我心的楼梯之音，

如那造访的马车的蹄声，击亮我深居的幽暗的庭园，

而我将燃亮脑海中所有的灯塔，当你驾着灵感的巨

　　轮经过。

1955 年

选自《罗门诗选》，洪范书店 1984 年 7 月版

1956 ^年

在一个社里（诗四首）

流沙河

田坎

田坎曲曲弯弯，
引我回社里去。

前面的田坎失踪啦，
只留下了拖拉机的脚印。
左右两边的田坎呢，
长满了白菜和青菜。

我得向后转，
再找一条路。

青青的麦苗儿点头微笑，
笑我还在凭去年的记忆走路。
我仿佛听见谁在唱着：
"我们的田野，你再也不能辨认……"

小槐树

去年，

我走进这家院子。

一株小槐树（身上绷着铁丝）

　　弓着腰，

　　低着头，

　　见人就哭：

　　"请你劝劝主人，

　　说我不做犁弯……"

今年，

我走进这家院子。

小槐树披着绿衣（身上铁丝解啦）

　　挺着腰

　　昂着头

　　见人就笑：

　　"你找主人么?

　　他忙啦——正在社里学双轮一铧犁!"

苏联豆子

春天，

社长路过苏联，

带回一粒豆子，种在坡上……

秋天，

豆子快成熟啦。

她穿上绿叶缝的长裙，

　　戴上紫花编的小帽，
站在那儿，
环顾着陌生的田野。

她看见
　　社员们挖开绊脚的田坎，
　　拖拉机唤醒熟睡的土地。
二十年前，
她在故乡看见过伟大的事件，
正在这儿展开。

在陌生的田野里，
她又看见了自己的故乡。

社长的笔记本

夜晚，
在昏暗的灯火下，
社长翻开污黑的
　　　　　油浸的
　　　　　破烂的笔记本，
埋头写着……
像汪洋大海里的舰长，
写他的"航海日志"。

笔记本上，

第一篇是三年前县委书记的讲话：

"怎样办好农业生产合作社"。

墨水的字迹早已模糊，

讲话的声音依然嘹亮。

看下去吧：

 第一批社员的姓名，

 第一次秋收的产量，

 第一回分红的数字……

再看下去：

 姓名一年比一年多啦，

 产量一年比一年高啦，

 数字一年比一年大啦……

看，小溪怎样变成长河，

看，幼芽怎样变成大树。

看，人怎样变成巨人，

看，"星星之火"怎样变成"燎原之势"。

社长正在写的那一篇是数字描绘成的远景：

 这儿，是机耕站。

 （他看见铁牛在一望无边的田野里跑着。）

 那儿，是水电站。

 （他看见夜来万家灯火……）

不。这不是一个笔记本，
而是一卷集体创作的
　　　尚未脱稿的
　　　辽阔雄伟的史诗！

　　　选自《西南文艺》1956 年 1 月号

碑

　　——献给 Y·H

李莎

啊，倘若爱
是十字架
是荆棘和刀
那么，你就为它滴血罢

即使在辉煌的激动之中
垂灭了的：如像燃烧过的流星
亦不愿人们说你死亡

长眠于爱的荫影下
而你已将所有的全部呈献
正好，诗是竖起的碑

　　　选自《现代诗》1956 年第 13 期

鹰·雪·牧人

昌耀

鹰，鼓着铅色的风

从冰山的峰顶起飞，

寒冷

自翼鼓上抖落。

在灰白的雾霭

飞鹰消失，

大草原上裸臂的牧人

横身探出马刀，

品尝了

初雪的滋味。

1956 年 1 月 23 日　于兴海县阿曲乎草原

选自《昌耀抒情诗集》，青海人民出版社 1986 年 3 月版

把家乡建设成天堂

　　——三致青年公民①

郭小川

公民们

---

　　① 郭小川同志的诗《投入火热的斗争》（副题"致青年公民，并献给全国青年社会主义建设积极分子大会"）载本刊一九五五年十月号。《向困难进军》（副题"再致青年公民"）载《中国青年》一九五六年第三期。

——我的尊敬的朋友和兄弟！

请不必问我：

在我们的祖国

　　　　什么地方最美丽？

也别叫我答复：

人，最好是住在家乡呢

　　　　还是定居在外地？

……对于我

　　　祖国的每一块沙土

　　　　　　都是晶亮的宝石，

我愿

　　每座高山、每片平原

　　　　　　都印上我七寸长的足迹。

而家乡

　　我实在不想

　　　　随便把它提起，

它呀

　　太容易触动

　　　　我的浓酒般的思绪……

呵，长城外的

　　　生我养我的小镇哪，

在滚滚的风砂中

　　　是不是

　　　　比在我小的时候更坚毅？

我家房前

　　那与祖父同年的杏树呵，

你四伸的枝叶

　　　　可又该

　　　　　　染上春天的新绿？

我知道

　　　祖国和家乡

　　　　　　是这样紧密地联结在一起，

当我想起家乡

　　　　我的心

　　　　　　跟着就向祖国展开了双翼，

我要像鹰一样

　　　　呼吸着

　　　　　　祖国的高空的大气，

用激动得快要流泪的眼睛

　　　　　　看一看

　　　　　　　　我所爱的每一块土地……

呵，那跟我家乡同样偏远的

　　　　　　小村和小镇哪，

在社会主义高潮中

　　　　　你们可也沸腾着

　　　　　　　战斗的气息？

那在茫茫天边的

　　　　粗犷的高山和绝壁啊，

祖国的阳光

　　　是不是

　　　　也把你们化成灿烂的金子？

然而，公民们！

我不能

　　　老是这样地

　　　　　在无边的想象中驰奔,

我的诗句是战鼓

　　　　　要永远永远

　　　　　　　催动你们前进,

因为

　　　你们真正是

　　　　　一支精力旺盛的新军,

我指望着你们

　　　　　为祖国

　　　　　　打开幸福的金门!

那就从

　　　你们自己的家乡开始吧,

为了它

　　　献出你们的

　　　　　瑰美的青春,

当你们的家乡

　　　　　开满鲜花的时候,

我的家乡

　　　也就会荡漾着

　　　　　　奇异的芳芬。

呵,家乡

　　　如此多情地

　　　　　把我这长年在外的人吸引,

住在家乡的人们哪

你们该不会

嫌它落后和清贫？

公民们

不要只看见

洒满村街的

猪屎和牛粪，

那来来回回

快乐地走着的

有多少高尚的纯洁的人！

不要只听见

对着牲口发出的

粗俗的骂声，

那合作社的

自我批评的会议里

展开了多么有趣的争论！

不要只看见

保守分子的

债主似的恼人面孔，

那年老的干部的眼睛

闪耀着

何等豪迈的党的精神！

不要只听见

反动人物的

流言和蜚语，

那民校里的

少女的读书声

该是多么动听的歌音!

是的

生活就是这样,

有人烟的地方

就有先进的力量,

跟先进的力量在一起

谁就过着幸福的时光。

公民们!

投入英雄的行列

穿上战斗员的新装,

亮开结实的大手

掀起社会主义的狂风巨浪!

让每座高山

都发出

火药轰裂岩石的巨响,

让每片田野

都响

劳动的歌唱,

让每个黑夜

都布满

焊工手中的蓝光,

让每个拳头

都对准

敌人的胸膛,

凭着

我们自己的

意志和力量

把你们每一个人的家乡

　　　　　建设成

　　　　　　美好的天堂，

像我这样

　　　住居在外地的人哪，

也要怀着

　　　感激的心情

　　　　　向自己的遥远的家乡了望，

我的

　　　亲如骨肉的邻居啊，

每天每月

　　　都要把惊人的喜报

　　　　　向我的住所传扬……

而我

　　　决不把

　　　　你们的家乡遗忘，

在我的脚下的土地

　　　　也就是

　　　　　我自己的家乡，

为了祖国

　　　我将以全部生命

　　　　　贡献给每一个地方，

当自己的家乡成了天堂的时候，

我们的祖国

　　　　也就是

　　　　　　我们共同的天堂般的家乡。

公民们

　　　——我的尊敬的朋友和兄弟!

请不必问我:

在我们的祖国

　　　　　什么地方最美丽?

也别叫我答复:

人,最好是住在家乡呢

　　　　　还是定居在外地?

……当你们

　　　住在家乡的时候

　　　　　　家乡就是最美丽的,

当需要离开家乡的时候,

祖国的每块土地

　　　　　都会使一个爱国者感到神奇。

1956 年 1 月 29 日深夜

选自《人民文学》1956 年 3 月号

窗下

洛夫

当暮色装饰着雨后的窗子

我便从这里探测出远山的深度

在窗玻璃上呵一口气
再用手指画一条长长的小路
以及小路尽头的
一个背影

有人从雨中而去

1956 年 2 月 14 日

选自《洛夫精品》，人民文学出版社 1999 年 9 月版

在白云下

徐迟

白云，一朵唯一的白云，
像一个美丽的图纹，
嵌在深蓝色的天空。

这一朵白云下，
千峰峰顶指着蓝天，
大青山山脉连绵。

在这一朵白云之下，
在山脉的背景之前，
黄土颜色的包头城，
坐落在黄土上。

远望它还不容易辨认，
要不是那些崭新的建筑，
灰砖、红瓦、高烟囱和玻璃窗，
它们在这难得的好天气里，
轮廓鲜明地显示在黄土上，
喜悦地发出抖抖的闪光。

而在黄土层的下面，
这幅图画的最前面，
奔流着曲折、浩荡的黄河。

我站在黄河边，
望着沿河平原上，
齐整的包头城，
在白云下。

你这塞外的古城啊，
我却听不到古诗所吟咏的
凄凉的号角和战马的悲鸣。

友爱的民族自治区城市啊！
今天是基本建设的明珠。
谁能望着你而不骄傲？
你是祖国富强的基地。
你再不是塞外的古城，
北京和你只有一昼夜旅程。

塞外的钢都，包头啊，
谁不把你当光荣的名字呼唤？

我站在黄河边，
望着这闪耀的城市，
我惊奇地发现几只白鸥。

坚强的翅膀啊，
在大河之上拍动飞翔，
你们不是来自远方吗？
你们怎么从那儿离开了，
从海上，从海滨，
那儿浪涛拍击着船身，
舐着沙滩，吞没崖石？

而飞过城市、村庄、平原，
飞过重峦叠嶂的山区，
你们怎么溯河而上，
好像什么也不能阻挡你们，
一飞飞到塞外这朔漠古城，
这里要刮起风沙来，
白天立刻变成黄昏？

我们的建设家，
多么像那些白鸥，
拍动着强健的翅膀，

向着理想飞翔，

溯大河而上，沿京包线而来，

什么也不能阻挡我们。

我站在黄河边，

远望这座充满希望的城市，

我远望见明天。

明天，几百万人口的大包头市，

将高高耸立在面前，

明天，绿色的河水清澈见底，

要流过这多森林的土地，

这里也将有人工海诞生，

于是将飞翔更多的白鸥，

而冉冉在炼钢厂的烟云间，

将是朵朵润湿的白云，

不是这青山之巅，蓝天之间，

这唯一的图纹似的一朵。

选自《人民文学》1956 年 3 月号

林中故事
——老伐木工人话抗联

胡昭

围火齐团结

普照满天红

火烤胸前暖
风吹背后寒
——李兆麟将军：露营歌

这话说起来在十几年前，
那时候大森林更密更严；
杨司员带领一支神兵，
日夜出没在山林中间——
连雨天挡不住他们行军，
大风雪不能阻拦他们作战……

日寇正在大睡突然被包围，
日寇正在行军突然被打乱；
搜山的敌人找不到一个人影，
却突然射过来复仇的枪弹……
有人说大森林也在打击日寇，
有人说大森林也在保护抗联……

有一天夜里大队休息，
同志们围着火东扯西谈；
突然传过来出发的命令，
一阵紧张正在队伍里传遍。
杨司令员照例地跟着队长，
笑吟吟来到大家前面。

他伸手摸摸战士的干粮袋，
察看着战士们黑瘦的脸……
正要在出发前作几句指示，
忽然把眼光转向了旁边：
不知是哪个战士粗心大意，
有一个柴堆还火星闪闪！

司令员仔细地把火星踩灭，
严肃的眼光转了一圈：
"同志们！是谁疏忽了纪律，
是谁不爱护祖国的资源？
革命战士要眼光远大，
要看见祖国胜利的明天——

"胜利后祖国要开始建设，
要盖多少工厂、开多少矿山，
房梁、矿柱、铁道的枕木……
每一根木材都像宝贝一般。
那时候我们也许就在这工作，
要叫这深山里热闹喧天……"

说着他眼睛里闪射着光彩，
好像那远景就在眼前；
可是他陡然地煞住了谈话，
好像是流水被钢闸切断，

他两眼又射出仇恨的光芒，

手一挥命令出发作战。

这以后每当同志们离开火堆，

都要把四周检查一遍，

用双脚踩灭每一个柴棍，

不留下一星星剩火余烟。

——保卫祖国、保卫大森林，

成为抗联战士庄严的誓言……

选自《解放军文艺》1956 年 3 月号

牧人的幻想

［藏族］饶阶巴桑

一

他追赶着西边的太阳，

头发已经斑白。

他牧放着数十只牛羊，

送走了壮年时代。

草原是他最爱的家，

他熟悉草原像熟悉自己的手掌；

牛羊是他最亲爱的侣伴，

他能用言语和它们畅谈。

他爱观望天空的白云，
因为他对白云有一个秘密的愿望；
他对白云幻想，
用去了半生时间；

云儿变成低头饮水的牦牛，
云儿变成拥挤成堆的绵羊；
云儿变成纵蹄飞奔的白马……
天空哟，才是真正的牧场！

它们游荡在高空，
它们低飞到草棚，
它们舐抚着帐篷，
它们蜷伏在羊群中。

他放牧牛羊，
从来是那么辛勤劳苦，
但他寄托于白云的愿望，
却只换得辛酸和苦楚。

二

如今他迎着早晨的太阳，
头发变得分外黑亮；

他放牧着上万头合作社的牛羊，
他的心胸和草原一样年青和宽广。

他对白云不再羡慕，
他对天空不再幻想；
他骄傲地骑在马上，
对天空傲慢地歌唱：

"我的牛羊盖遍了草原！
我的骡马赛过了飞箭！
白云哟，你为什么
还是和过去一样？

"我的草原上有铁马奔跑！
我的土地上有铁牛奔跑！
白云哟，你为什么
还是和过去一样？

"我的草原上有幢幢楼房！
也有暴风吹不熄的灼光！
天空哟，你为什么
没有这两样？

"天空的白云哟，过去我是怎样地把你热爱
因为你变化得那么好看，那么快！
但如今我爱美丽的家乡，

家乡的变化比你更快更强。"

他迎着早晨的太阳，
头发变得分外黑亮，
他放牧着上万头合作社的牛羊，
新的生活带给他的是新的幻想。

　　　　　1956 年 1 月 2 日　巨甸

　　　　　选自《解放军文艺》1956 年 4 月号

向困难进军
——再致青年公民

郭小川

骏马
　　在平地上如飞地奔走，
　　有时却不敢越过
　　　　　　　湍急的河流，
大雁
　　在春天爱唱豪迈的进行曲，
　　一到严厉的冬天
　　　　　　　歌声里就满含着哀愁；
公民们！
你们

在祖国的热烘烘的胸脯上长大，

会不会

在困难面前低下了头？

不会的

我信任你们

甚至超过我自己。

不过

我要问一问

你们做好了准备没有？

我

比你们年长几岁

而且光荣地成了你们的朋友，

禁不住

要把你们的心

带回到那变乱的年头。

当我的少年时代

生活

决不像现在这样

自由而温暖，

我过早地同我们的祖国在一起

负担着巨大的忧患，

可是我仍然是稚气的，

人生的道路

在我看来是如此地一目了然，

仿佛

只要报晓的钟声一响，

神话般的奇迹
　　　　　就像彩霞似地出现在天边，
　　都会是不可思议地美满……
呵，就在这个时候
　　　　严峻的考验来了！
抗日战争的炮火
　　　　在我寄居的城市中
　　　　　　　卷起浓烟，
我带着泪痕
　　　　投入红色士兵的行列
　　　　　　　走上前线。
……真正的生活开始了！
可惜
　　它开始得过于突然！
我呀
　　几乎是毫无准备地
　　　　　　遭遇到一场风险。
在一个雨夜的行军的路上，
我慌张地跑到
　　　　最初接待我的将军的面前，
诉说了
　　我的烦恼和不安。
打仗嘛
　　我还不能自如地往枪膛里装子弹，
动员人民嘛
　　我嘴上只有书本上的枯燥的语言。

我说：

　　　"同志，

　　　　　请允许我到后方再学几年！"

于是

　　　将军的沉重的声音

　　　　　　　在我的耳边震响了：

"问题很简单——

不勇敢的

　　　　在斗争中学会勇敢，

怕困难的

　　　　去顽强地熟悉困难。"

呵呵

　　　这闪光的话

　　　　　　像雨点似地打在我的心间，

我怀着感激

　　　　回到我们的队伍中

　　　　　　　继续向前……

现在

　　　十八年已经过去了，

时间

　　　锻炼了我们

　　　　　　并且为我们的祖国带来荣耀，

不是我们

　　　　被困难所征服，

而是那些似乎很吓人的困难

　　　　　一个个

在我们面前跪倒。

黑暗永远地消亡了，

随太阳一起

滚滚而来的

是胜利和欢乐的高潮。

公民们

我羡慕你们，

你们的青年时代

就这样好！

你们再不要

赤手空拳

去夺敌人手中的三八枪了，

而是怎样

去建造

保卫祖国的远射程的海防炮；

你们再不要

趁着黑夜

去挖隐蔽身体的地洞了，

而是怎样

寻根追底地

到深山去探宝；

你们再不要

越过地堡群

偷袭敌人控制的城市了，

而是怎样

把从工厂中伸出的烟囱

筑得直上云霄；

你们再不要

打着小旗

到地主庭院去减租减息了，

而是怎样

把农业生产合作社

办得又多又好……

是呵

连你们遭遇的困难

都使我感到骄傲，

可是我要说

它的威风

决不比从前小。

社会主义的道路上

并非

平安无事，

就在阳光四射的早晨

也时常

有风雨来袭，

帝国主义者

对着我们

每天都要咬碎几颗吃人的牙齿，

生活的河流里

随处都可能

埋伏着坚硬的礁石，

旧世界的苍蝇们

在每个阳光不曾照进的角落

生着蛆……

新生的事物

每时每刻都遇到

没落者的抗拒……

然而我要告诉你们

凭着我所体味的生活的真理：

困难

这是一种愚蠢而又懦怯的东西，

它

惯于对着惊恐的眼睛

卖弄它的威力，

而只要听见刚健的脚步声

就像老鼠似地

悄悄向后缩去，

它从来不能战胜

人们的英雄的意志。

那么，同志们！

让我们

以百倍的勇气和毅力

向困难进军！

不仅用言词

而且用行动

说明我们是真正的公民！

在我们的祖国中

困难减一分

幸福就要长几寸，

困难的背后

伟大的社会主义世界

正向我们飞奔。

1955 年 11 月草成

1956 年 1 月 9 日定稿

选自《中国青年》1956 年第 2 期（署名：马铁丁），后选入诗集《投入火热的斗争》，作家出版社 1956 年 4 月版

母亲

［藏族］饶阶巴桑

我吸吮着母亲的奶头，

还不曾想过捏泥娃娃和捉迷藏，

还不曾想过天空和陆地，

可是心里却有一个模糊的印象：

"世间再也没有什么

比母亲的胸脯还宽广！"

我从遥远遥远的边疆，

渡过了长江和黄河，

虽然我还没有走到长白山，

但是我在心底轻声地说：

"世间再也没有什么

比祖国的胸脯再宽广！"

1956 年 4 月 2 日于长春

选自诗集《草原集》作家出版社 1960 年 9 月版

郊原的青草

郭沫若

郊原的青草呵，你理想的典型！
你是生命，你是和平，你是坚忍。
任人们怎样烧毁你，剪伐你，
你总是生生不息，青了又青。

你不怕艰险，不怕寒冷，
不怕风暴，不怕自我牺牲。
你能飞翔到南极的冻苔原，
你能攀登上世界的屋顶。

你喜欢牛羊们在你身上蹂躏，
你喜欢儿童们在你身上打滚，
你喜欢工人和农民并坐着谈心，
你喜欢年青的侣伴们歌唱爱情。

你是生命，你也哺育着生命，
你能变化无穷，变成生命的结晶。

你是和平，你也哺育着和平，
你使大地绿化，柔和生命的歌声。

郊原的青草呵，你理想的典型！
你是诗，你是音乐，你是优美的作品，
大地的流泉将永远为你歌颂，
太阳的光辉将永远为你温存。

1956 年 5 月 31 日
选自《草地》1956 年 7 月创刊号

回延安

贺敬之

一

心口呀莫要这么厉害的跳，
灰尘呀莫把我眼睛挡住了……

手抓黄土我不放，
紧紧儿贴在心窝上。

……几回回梦里回延安，
双手搂定宝塔山。

千声万声呼唤你

——母亲延安就在这里！

杜甫川唱来柳林铺笑，

红旗飘飘把手招。

白羊肚手巾红腰带，

亲人们迎过延河来。

满心话登时说不过来，

一头扑在亲人怀……

二

……二十里铺送过柳林铺迎，

分别十年又回家中。

树梢树枝树根根，

亲山亲水有亲人。

羊羔羔吃奶望着妈，

小米饭养活我长大。

东山的糜子西山的谷，

肩膀上的红旗手中的书。

手把手儿教会了我，

母亲打发我们过黄河。

革命的道路千万里，

天南海北想着你……

　　　　三

米酒油馍木炭火，

团团围定炕头坐。

满窑里围的不透风，

脑畔上还响着脚步声。

老爷爷进门气喘得紧：

"我梦见鸡毛信来——可真见亲人……"

亲人见了亲人面

欢喜的眼泪眼眶里转。

保卫延安你们费了心，

白头发添了几根根。

团支书又领进社主任，

当年的放羊娃如今长成人。

白生生的窗纸红窗花，
娃娃们争抢来把手拉。

一口口的米酒千万句话，
长江大河起浪花。

十年来革命大发展，
说不尽这三千六百天……

四

千万条腿来千万只眼，
也不够我走来也不够我看！

头顶着蓝天大明镜，
延安城照在我心中：

一条条街道宽又平，
一座座楼房披彩虹；

一盏盏电灯亮又明，
一排排绿树迎春风……

对照过去我认不出了你，
母亲延安换新衣。

五

杨家岭的红旗啊高高的飘，
革命万里起高潮！

宝塔山下留脚印，
毛主席登上了天安门！

枣园的灯光照人心，
延河滚滚喊"前进"！

赤卫队……青年团……红领巾，
走着咱英雄几辈辈人……

社会主义路上大踏步走，
光荣的延河还要在前头！

身长翅膀吧脚生云，
再回延安看母亲！

　　1956 年 3 月 9 日，延安。

　　选自《延河》1956 年 7 月号

灵河

洛夫

我几时说不来的?
我不又在凤凰木上悬着七盏灯笼
你三盏,我三盏
另一盏留给扫落叶的人……

你与凤凰木并立,并立于我的阶前
闪烁着逼人的光,我不敢仰望
你们都是来自太阳的天涯

饮葡萄的紫,芒果的青
饮蓝天的无尽
以及你眼中的一杯醇酒
　　流自那条长长的灵河
风吹过来,扬起你的裙,你的浅笑
在那小小的梦的暖阁
我为你收藏起整个季节的烟雨

选自《创世纪诗刊》1956 年第 6 期

泥土的波浪

戈壁舟

一架连一架的拖拉机，
拖着成排成排的犁，
在祖国无边的原野上，
翻起千年万年的泥。
人们都兴奋欢乐，
惟独一个老汉不吭气：
拖拉机翻起泥土的波浪，
像船行走在无风的海里。

几千年来土地像个野兽，
祖祖辈辈都同它搏斗，
血汗流完了倒下来，
还得不着一星点自由。
老汉摇着霜打似的头发，
布满伤疤的手脚在战抖，
眼红小伙子驾着拖拉机，
土地像羊群由他赶着走。

1956年6月8日下午6时

选自《长江文艺》1956年1月号

放声歌唱（节选）①

贺敬之

一

无边的大海波涛汹涌……
呵，无边的
　　　　大海
　　　　　　波涛
　　　　　　　汹涌——
生活的浪花在滚滚沸腾……
呵，生活的
　　　　浪花
　　　　　在滚滚
　　　　　　　沸腾！
呵呵！是何等壮丽的景象——
我们祖国的
　　　万花盛开的
　　　　　大地，

　　　光华灿烂的
　　　　天空！

① 发表于 1956 年 7 月 1 日、7 月 22 日、9 月 2 日《北京日报》。

你，在每一天，

在每一秒钟，

都展现在

我的眼前

和我的

心中。

我的心

合着

马达的轰响，

和青年突击队的

脚步声，

是这样

剧烈地

跳动！

我

被那

钢铁的火焰，

和少先队的领巾，

照耀得

满身通红！

汽笛

和牧笛

合奏着，

伴送我

和列车一起

穿过深山、隧洞；

螺旋桨

　　和白云

　　　环舞着，

　伴送我

　　和飞机一起

　　　飞上高空。

……我看见

　　星光

　　　和灯光

　　　　联欢在黑夜；

我看见

　朝霞

　　和卷扬机

　　　在装扮着

　　　　黎明。

春天了。

　又一个春天。

黎明了。

　又一个黎明。

呵，我们共和国的

　　万丈高楼

　　　站起来！

　它，加高了

　　　一层——

　　　　又一层！

来！我挽着

你的手，

你挽着

我的胳膊，

在我们

如花似锦的

道路上，

前进呵

一程——

又一程！

在每一平方公尺的

土壤里，

都写着：

我们的

劳动

和创造，

在每一立方公分的

空气里，

都装满

我们的

欢乐

和爱情。

社会主义的

美酒呵，

浸透

我们的每一个

细胞，

和每一根

神经。

把一连串的

美梦

都变成

现实，

而梦想的翅膀

又驾着我们

更快地

飞腾……

呵，多么好！

我们的生活，

我们的祖国；

呵，多么好！

我们的时代，

我们的人生！

让我们

放声

歌唱吧！

大声些，

大声，

大声！

把笔

变成

千丈长虹，

好描绘

我们时代的

多彩的

面容，

让万声雷鸣

在胸中滚动，

好唱出

赞美祖国的

歌声！

选自《北京日报》1956 年 7 月 1 日

望夫云（节选）

公刘

引子

今夜，大理海子又掀起了风浪，

水里漂着几片破碎的月亮，

十多只小船挤在岸边互相碰撞，

渔人们全都盘腿坐在岸上。

这样的时刻哪儿也不宜下网，

任什么鱼儿都早已躲藏，

只好拾些干柴，烧一堆篝火，

顺便烫壶酒，烘烘衣裳。

睡觉睡得太早是多么无聊啊，
谁愿意讲讲故事消磨时光？
"老爷爷，您年纪大，见识广，
我们大家请您讲。"

"讲什么呢？故事又多又乱，
就像我的胡子一样，
何况，前朝往代的事情，
又全都那么荒唐……"

老人抬头望着苍山，
忽然神色黯然，
他止不住连声叹息，
目光是这样悲戚。

"云哟，云哟，云哟，
精魂不散的望夫云哟。"
他指着玉局峰上的云彩，
摇摇摆摆的站了起来。

顺着他指的方向，
渔人们悚然望去，
惯于反抗风暴的灵魂，
这时不禁也微微战栗。

读者啊，可惜你没有和渔人一起，
否则，你就能看见真正的奇迹！
世上居然有这样的云翳，宛如
一个古装打扮的女子，立在天际。

她的一只手无力地低垂，
长袖随风摇曳；
另一只手高举齐额，
纤纤玉指贴着蛾眉。

身子稍稍向前倾斜，
两眼逼视着海水，
茫茫的大理海子哟，
你知道她在眺望谁？

春闺

南诏国有千里地面，
一千里地面都已经绿遍，
一千里地面布谷都在叫，
叫完头遍又叫二遍。

一千里地面的中央，
有一座金色的宫墙，
金色的宫墙里面，
是公主的银色的闺房。

狠心的国王，贪心的父亲，

亲口下过一道命令，

不准公主接触外人，

除了宫娥，就是太监。

不是父亲不愿女儿出嫁，

嫁要嫁一个有钱的人家；

不是国王不替公主招亲，

招要招一位有势的驸马。

年来又年去，

花开又花落，

公主的悲苦，

没有地方说……

南诏国有一千里地面，

一千里地面布谷叫了三遍，

一千里地面芳草萋萋，

就像一床绿毛大绒毡。

大胆的爬墙虎探出了头，

森严的禁卫军也管不了，

它驮着公主的第十九个春天，

一直爬上了寂寞的绣楼。

绣楼上本来有四个窗户，
东南西北都能看得清楚，
可是国王只许打开一个，
其余三个全用铁锁锁住。

东边的窗户能望见大理海子，
南边的窗户能望见大理街子，
北边的窗户能望见大理坝子，
三个窗户都能望见青年汉子。

西边的窗户对着苍山，
终年积雪，没有人烟，
除了石头还是石头，
除了树林还是树林。

这个窗户整天敞开，
公主坐在窗前，脸色苍白，
两只手儿托住双腮，
像是在幻想，又像在等待……

燕子双双衔泥做窝，
廊檐底下来往穿梭，
"燕子燕子你呢喃些什么？
变只燕子也比公主快活。"

听说天上有多少星星，

地上就有多少男人和女人，

"谁能够悄悄告诉我，

是哪一颗订下了我的终身？"

偷偷的落泪彻夜失眠，

轻轻的叹息送走白天，

荣华富贵不值钱，

但愿投胎在民间！

…………

节选自《解放军文艺》1956年7月号

风啊，别敲

公刘

风在甲板上喧闹，

沿着窗口和钢梯奔跑……

风啊，别敲，你别敲，

我们的水兵睡着了。

是什么织成水兵的梦？

经线——战斗警报，

纬线——万里波涛，

勇敢的灵魂在梦中微笑。

风啊，别敲，你别敲，

让他好好的睡一觉；

明天，舰队又要远航，

切开海洋，像一把锋利的刀……

1956 年 7 月 25 日　北京

选自《人民日报》1956 年 8 月 1 日

摄影师来到岛上

韩笑

摄影师来到岛上，

战士们挤在他身旁，

像参加盛大的检阅，

都打扮得整洁漂亮。

照相机卡卡直响，

一会就照好一张；

有一个新兵实在罗嗦，

把摄影师也弄得没有主张。

他正一正帽子，

又摸一摸肩章，

说皮带扎得不紧，
又嫌皮鞋擦得不亮。

他要照一个全身，
还要突出手中的枪；
要照上营房和花园，
还要衬一点海洋。

他要题一行小字：
"永远守卫边疆"。
完了还要上色，
并且放大三张。

大伙纷纷问他：
洗这么多干啥？
他说一张给咱父母，
一张给咱社长，

还有一张……
他咬咬牙决心不讲；
他不讲有人替他讲了：
那一张给黄河边上的姑娘！

同志们哈哈大笑，
新兵红着脸跑掉。
他说：咱们照完相啦，

还不赶快回去站岗!

1956 年 7 月万山群岛

选自《人民日报》1956 年 8 月 19 日

烟之外

洛夫

在涛声中呼唤你的名字而你的名字
已在千帆之外

潮来潮去
左边的鞋印才下午
右边的鞋印已黄昏了
六月原是一本很感伤的书
结局如此之凄美
——落日西沉

我依然凝视
你眼中展示的一片纯白
我跪向你向昨日向那朵美了整个下午的云
海哟,为何在众灯之中
独自点亮那一盏茫然

还能抓住什么呢?

你那曾被称为雪的眸子

现有人叫做

烟

1956 年 8 月 10 日

选自《洛夫精品》，人民文学出版社 1999 年 9 月版

我心爱的木棉树

西彤

有一棵木棉树长在海岸上，

我常常去到那树下站岗，

木棉树呀开着红花，

和我家门前那棵一样。

当枝头花朵轻拂钢枪，

我仿佛守卫在可爱的故乡，

哎，我心爱的木棉树，

和我一起守卫着海防。

战胜了多少暴风雨的黑夜，

熬过了多少烈日寒霜，

木棉树呀像我的战友，

斗争中肩并肩锻炼成长。

威武而坚定的英雄树呀，

高高地挺立在国境线上。

哎，我心爱的木棉树，

和我一起守卫着边疆。

火红的木棉花吐露着芬芳，

春天又来到这遥远的地方，

英雄的树呀英雄的人，

在边境筑起了铁壁铜墙。

看英雄树叶茂根深，

看英雄花年年盛放；

哎，我心爱的木棉树，

永远伴我保卫祖国春光！

选自《萌芽》1956 年 8 月号

致田野

高平

田野上的花朵，

像妻子的刺绣。

你是在欢迎我吗？

迎着春风点头。

啊，我亲爱的田野！

你，祖国的衣衫！

假如把别的土地

　　铺上十公尺厚的黄金，
我们也决不和它交换！

不错，
我歌颂过白发苍苍的珠穆朗玛峰；
结交了不少的边防士兵；
我抚摸惯了深山里的羊群；
也曾和藏胞一同
在"告世界人民书"上签名；
我是在康藏生活着。
但是战士的脚步是开阔的！

正像他那怀满了
　　对祖国的爱情的心胸。
现在，我又看见我的田野了！
农妇在田里走着，
我多么熟悉那些在森林中
晃动着的故乡的头巾！

噢，起风了，
风很大，但是没有灰尘。
我干脆摘下帽子，
把头发让它吹吧！
假如我的头发能变成垂柳，
我要叫它在这里生根。

我的田野！

当你将要得到拖拉机的时候，

对你还能留下些什么话呢，

我这个过路的人？

或者只有一句：

"请你对边疆的士兵，

像对儿子一样地信任！"

选自《红岩》1956 年 8 月号

虹

[仫佬族] 包玉堂

一　花姐姐

苗山寨，

住苗人；

山山环抱苗山寨，

山上花香百里闻。

苗寨赛花园，

鲜花四季开不完，

喜鹊林中住，

画眉草上玩。

寨门边，
溪水流潺潺，
鸟儿天天唱，
好花时时鲜。

苗山寨上住苗人，
苗家兄弟个个都聪明；
田地里不长半根草，
丰收日子过得乐融融。

漫山花开千万朵，
最红的是石榴花；
苗家姑娘千万个，
最能干的是花姐姐。

花姐姐，织花边，
织个鸟，鸟会飞；
织朵花，花放香；
织只虎，虎跳山；
织条龙，龙漂洋。
花姐手艺好，
无人不赞扬。

男人想娶她，
女人想跟她；
男人想娶她好成家，

女人想跟她学编花。

好花逗人爱，
好姑娘人人想；
花姐姐的茅蓬里，
后生男女常成帮。

天上星星朝月亮，
地上葵花朝太阳；
寨上的姑娘呵，
个个要学花姐样。

好花越看花越鲜，
好人越学人越贤；
花姐姐呀，
天天教姐妹织花边。

二 惨遇

鲜花开山上，
花香百里闻；
花姐姐的好名声，
传到了京城。

皇帝召群臣，
金銮殿上显威风：

"听说花家女儿才貌美，

为何不给我收进宫？"

蛇出把人咬，

虎出把人伤；

皇兵出京城，

百姓就遭殃。

鸦窝飞不出好鸟，

蛇窟爬不出善龙；

朝廷里出来的人，

没有一个是好人。

太阳忽然暗淡了，

花儿不香不红了，

鸟儿也不唱歌了，

呵，是皇兵来到苗寨了。

毒蛇开口见毒舌，

老虎开口见獠牙；

皇帝派来的狗，

开口就看见他的心啦。

哪个愿睁眼跳黄河？

哪个愿睁眼进火堆？

花姐姐啊，

怎肯进皇宫去活受罪?

"我要做寨上人,
我要喝寨上的水,
我要教寨上的姐妹,
把花边织得更美。"

一劝花姐姐她不应,
二劝花姐姐她不听,
皇帝的走狗动了火,
喊声动手就抢人。

像一群苍蝇,
像一群疯狗,
凶恶的皇兵呀,
要把花姐姐抢走。

苗寨的姑娘们,
把花姐姐围得密又密;
苗寨的兄弟们,
把拳头握得紧又紧。

狗发脾气了,
他们动手了,
刀枪赶散了姑娘们,
花姐姐被抢走了!

好花被人抢去了，
聪明的姑娘被人抢去了，
苗家的兄弟们呀，
个个心里着火了！

皇兵用刀枪，
苗人用锄头，
打起来了！
鲜血满寨流！

官兵死了不少，
可是还有很多，
花姐被抢走了，
花姐被抢走了！

花姐心不甘呵！
回头大声喊：
"姐妹们啊，
我一定要回来！"

三　小仙龙

像狐狸拖孔雀，
像蚂蚁缠蜜蜂，
一群狗杂种，

把花姐拖进了皇宫。

皇宫琉璃瓦，
根根大龙柱，
玉石栏杆前，
花姐低头不作声。

皇帝坏东西，
挺着大肚皮，
一见花姐好容貌，
口水流出三尺长。

花姐开口骂：
"叫声死皇帝！
姐妹们要我教编花，
快快放我回家去！"

皇帝大猪罗，
说话像破锣：
"皇帝收美女，
谁敢不依我！"

馊饭吃得，
馊话受不得，
花姐听说罢，
气打头顶出！

皇帝心痒了，
脸面也不顾，
要拉花姐的手，
拖进宫里去。

"斩断你的狗爪！"
花姐发怒了，
拉起皇帝的手，
用嘴狠命咬！

挨棒的狗，
夹着尾巴走，
皇帝手被咬，
痛得脸发抖。

寻鸡不着蚀了把米，
皇帝又羞又有气，
命令狗腿们，
把花姐关进牢房里。

牢房黑又黑，
黑得像地狱，
花香鸟语的苗寨呀，
花姐什么时候能回去。

到了第二日，
皇帝又来了，
带着一帮狗，
来把花姐瞧。

"问声姑娘呵，
你愿意不愿意？——
接你西宫住，
宠你赛西施。
吃的千宝菜，
穿的万花衣；
住的大楼房，
盖的青龙被。

"问声姑娘呵，
你依我不依？——
接你西宫住，
宠你赛西施。
服侍有宫女，
出入有凤车，
闷了游花园，
闲了下盘棋，
比你们苗寨，
强过万倍哩！"

花姐挺起身，

说话像钢针：

"我要回去，

我要回苗寨去！

"我要种苗家的地，

我要织苗家的麻，

我要喝苗山的水，

我要编苗山的花。

"我要和姐妹们在一起，

做个自由的人，

我要回去，

死也要回苗寨去！"

像冷水淋头，

像棍棒打狗，

花姐几句话，

把皇帝气昏啦。

乌鸦喳喳叫，

狗腿排排站，

帮出坏主意，

想讨皇帝的好。

黑嘴臣子发冷笑，

以为自己主意高：

“这人太野了，
不如杀了好！”

嘴边的肉哪能放下筷子，
网中的鱼怎肯把它放走？
这样好的姑娘，
皇帝怎肯把她斩首？

吃不到肉狗咬狗，
皇帝急了骂走狗：
“好计不出出坏计，
推出午门去斩首！”

噘嘴臣子坏东西，
他给皇帝出主意：
“如此这般，这般如此。”
“好也好也，妙计妙计！”

皇帝叫人拿来五彩线，
走进牢门装笑脸：
“花姐姐，给你五彩线，
时间限七天，
织个大公鸡，
会跳又会唱；
若是七天织不成，
劝你乖乖进西宫。”

皇帝丢下五彩线，
大摇大摆的走了。
花姐拿起五彩线，
眼泪流下来了。

花姐眼睛含着泪，
花姐手里织公鸡，
一边流泪一边织，
织了七天共七夜。

公鸡织成了，
可是冠不红，毛不亮，
公鸡站起来了，
可是不能跳，不会唱。

花姐忍着痛，
咬破手指头，
鲜血指上染，
眼泪脸上流。

鲜血红鲜鲜，
染在鸡冠上，
泪珠亮晶晶，
滴在鸡身上。

鸡冠红了，

鸡毛亮了，

公鸡会跳了，

公鸡会唱了。

花姐不流泪了，

她摸着鸡身上的毛，

想起就能回去了，

她背着脸暗暗的笑。

皇帝挺着大肚皮，

未进牢门先见鸡，

他呆着不会动了，

像个木偶人。

皇帝坏东西，

一肚子坏主意，

不肯放花姐姐回去，

他又想出一条毒计：

"这鸡的冠是红的，

这鸡的毛是亮的，

可是这是家里养的鸡，

它不是你织的。

"你要其有本事，

就织个野鹧鸪，

脸红毛又斑，

会跳又会唱，

若是七日织不出，

就进西宫做新娘。"

红冠的公鸡，

油亮的公鸡，

一飞飞上皇帝的头，

伸长颈子放声啼：

"我可怜花姐呵！

我恨死皇帝呵！

我可怜花姐呵！

我恨死皇帝呵！"

皇帝慌死了，

臣子吓坏了，

举起长袖子，

都来赶公鸡。

红冠的公鸡，

油亮的公鸡，

把皇帝额头抓破了，

飞进花园就不见了。

皇帝丢下五彩线，
双手抱头往外走，
花姐拿起五彩线，
眼泪滴滴往下流。

花姐眼里流着泪，
花姐手里织鹧鸪，
一边流泪一边织，
织了七天共七夜。

鹧鸪织成了，
可是脸不红，毛不斑，
鹧鸪站起来，
可是不会跳，不会唱。

花姐忍着痛，
咬破手指头，
鲜血指上染，
眼泪脸上流。

鲜血红鲜鲜，
染在鹧鸪脸上，
泪珠亮晶晶，
滴在鹧鸪身上。

鹧鸪脸红了，

鹧鸪毛斑了，

鹧鸪会跳了，

鹧鸪会唱了。

花姐不流泪了，

她摸着鹧鸪身上的毛，

想起就能回去了，

她背着脸暗暗的笑。

皇帝摇摇摆摆，

未进牢门先见鹧鸪，

他呆着不会动了，

像个笨猪！

皇帝狡猾赛狐狸，

一心耍赖皮，

不肯放花姐回去，

又换了一套诡计：

"姑娘你好懵懂，

我叫你织的是仙龙，

谁要你这野鹧鸪——

要它来'败门风'！

你要真有本事，

就织个仙龙，

再宽限你七天，

别当我的话是耳边风；

仙龙要活的，

会叫会生风，

若是七天织不出，

老老实实进西宫。"

红脸的鹧鸪，

斑毛的鹧鸪，

一飞飞上皇帝的头，

伸长颈子放声叫：

"嘎嘎嘎嘎，

苦死花姐啦！

嘎嘎嘎嘎，

恨死皇帝啦！"

皇帝慌死了，

臣子吓坏了，

举起长袖子，

都来赶鹧鸪。

红脸的鹧鸪，

斑毛的鹧鸪，

把皇帝颈子抓破了，

飞进树林就不见了。

皇帝丢下五彩线，

缩着颈子走了，

花姐拿起五彩线，

眼泪串串地流了。

花姐眼里流着泪，

花姐手里织仙龙，

一边流泪一边织，

又织了七天共七夜。

仙龙织成了，

可是珠不红，眼不亮，

仙龙跳了跳，

可是不生风，不会叫。

花姐忍着痛，

咬破手指头，

鲜血指上染，

眼泪脸上流。

鲜血红鲜鲜，

染在龙头上，

泪珠亮晶晶，

滴在龙眼上。

仙龙珠子红了，

仙龙眼睛亮了，
仙龙跳了再跳，
有风了，会叫了。

花姐不流泪了，
可是没有笑；
她想皇帝来到了，
一定又出坏主意。

第三个第七日，
皇帝带着贼臣子，
大摇大摆来看花姐姐，
看见仙龙用手一指：

"这是什么仙龙呀？
这是红头蛇！
刽子手们，
快把它打死！"

红珠的仙龙呵，
亮眼的仙龙呵，
跳出花边地上站，
张开嘴巴大声喊：

"皇帝大坏蛋！
对待百姓太凶残！

皇帝大坏蛋，

烧你皇帝成灰炭！"

仙龙跳一跳，

花姐忙骑上，

仙龙跳两跳，

身变七丈长。

仙龙跳三跳，

跳出监牢门，

仙龙跳四跳，

飞身上了天。

仙龙一张口，

朝廷起大风，

仙龙再张口，

朝廷火熊熊！

大火烧了七七四十九天，

烧毁了七七四十九座宫殿，

烧毁了七七四十九座监牢，

烧毁了七七四十九座花园。

把皇帝烧成了灰炭，

把走狗们烧成了灰炭，

把皇宫烧成了灰炭，

把监牢也烧成了灰炭。

四　虹

花姐为百姓报了仇，
花姐为自己伸了冤！
花姐骑着仙龙，
从此上了天。

花姐呵，
如今谁教姐妹们编花？
花姐呵，
你可记得当初说过的话？

苗寨的姑娘们，
时时向天问亲人；
天晴问到落雨，
落雨问到天晴。

花姐骑着仙龙在天上，
记起了寨上的姐妹们，
织起一条大花边，
挂在天边让姐妹们学着编。

从那时候起，
天上有了虹，

高高的天啊湛蓝的天，
长虹的颜色多绚烂！

从此彩虹常在天边挂，
寨上的姑娘学着它编花边，
编得像花姐一般快，
巧手的姑娘满苗家。

选自《人民文学》1956 年 8 月号

诺多尔江边

张永枚

诺多尔江水拐弯的地方，
有一座白色的小房，
峭壁是它的围墙，
苔藓长在石阶上。

一把锁锁住了房门，
门边放着一张渔网；
小房的主人啊，
去到了何方？

有谁不知道这个故事！
主人们都远离家乡。

孩子告别他的父母说：
"爸爸，我到前线去打仗！

"房门的钥匙交给你吧。
我再不愿捕鱼在江上，
我要用子弹织成的网，
去捕杀万恶的美国豺狼！"

年老的父母撑着渔船，
把儿子送过了诺多尔江；
父亲清早起身去打鱼，
母亲捣米夜夜到天亮。

忽然前方传来信息，
亲爱的儿子英勇阵亡
他披着熊熊的烈火，
和敌人一起燃烧在山上！

年老的父母照样打鱼、捣米，
只是三天也没把一句话讲，
好像一开口就是天大的不幸，
一开口就会引起失去儿子的悲伤。

日子，在痛苦里游过，
这一天父亲喊了："孩子他娘！"
他拿出开门的钥匙，

郑重地放到母亲手上。

"我也要走了，好老伴！
只有这样才能医治我心里的创伤。
不管我到什么地方去，
反正我要找到一支复仇的枪！"

母亲用裙子蒙住眼睛，
眼泪透过裙子流淌；
诺多尔江水似乎也流得慢了，
好像要停下来分担她的哀伤。

忽然，她飞快地走到门边，
把房门紧紧关上，
哗，铁锁锁上了门环，
老头子站起来，闪着惊奇的目光。

"走吧！快走吧！
你往南，游击队会给你枪，
我往北，到那小小山村去，
去给伤员洗衣裳！

"这钥匙就埋在门前的树下，
将来还要用它打开门窗，
渔网就晾在门边，
这样出门捕鱼会便当……"

小渔船在晨雾里划到对岸，

两个老人告别在岸上。

诺多尔江水哗哗地冲刷着岩石，

看，江面上腾起了遮天的风浪……

写于 50 年代初

选自《人民文学》1956 年 8 月号

地球对着火星说

邵燕祥

在满天的繁星中间，我寻找着你，

我凝视着你，你知道吗？

谁说你远在天边——

你是这样地热烈而分明。

在一长串的日子以前，

我们曾经离得这样近；

——假若能长久地互相照耀……

那时我轻声呼唤；没有应声。

……闪笑的睫毛，握手的余温，

交臂错过的一瞬，永远难了的衷情……

在太阳系里，我愉快而矜持地运行；

但是谁懂得这一种难言的隐痛!

许多的岁月飞逝了,

我们都经历了不少里程,

又是银河当空的夏天的夜晚,

我们又一次这样相近。

你看我什么变了,什么没有变?

你可望见我望你的眼睛?

说是近,却还是这样地遥远,

未来的岁月又是这样无穷。

今夜,天地间这样安静,

只有一颗星在讲话,对着另一颗星⋯⋯

是不是所有的星,全都夜夜合不上眼?

是不是所有的星,全都燃烧着渴望的心?

1956 年 8 月 30 日

选自《北京日报》1956 年 9 月 11 日

一朵玫瑰花

冈夫

一朵玫瑰花,

插在衣襟上;

我的心爱的，

记在我心上。

花儿凋谢了，

再掌一枝来换；

我的心爱的，

什么也不能换。

选自《人民文学》1956 年 9 月号

埃及，中国的眼睛看着你

李瑛

一

……一个愤怒的反抗的声音，

从古老的非洲大陆的腹腔升起。

埃及，黎明，

当所有战斗的钟敲起来，

当你以全部生命的、雄浑的声音向时代呼喊，

整个世界的脸都转过来，

带着纯朴的友情和敬礼。

埃及，中国的眼睛看着你！

二

曾经历了无限苦楚的浑厚的面容，

从浓黑的眉毛底下

中国的眼睛看着你，

看着你，庄严的埃及：

　　被烈日晒脱了皮的肩膀，

　　被皮鞭抽出了血的背脊，

　　被饥饿吞噬了肌肉的胸脯，

　　像两枝折断的树枝似的永不知疲倦的手臂，

呵，埃及，这就是你！

但是，今天呵，

在黎明到来的时候，

我已看见你威武的前进的英姿；

虽然你的影子和棕榈树的影子一样瘦、一样长，

但你的两只手呵，

却比一架起重机的长臂还更有力……

三

呵！埃及，中国的眼睛看着你：

　黄河岸边一个农业社的办公室的地图前，

　多少沾满泥土的粗糙的手指寻找着你

　　甘蔗田、棉田、烟草田里的农夫和农妇；

长城脚下一个矿区的煤井底下，

多少矿工用鹤嘴镐掘着煤，喊着你

 工厂里的工人、码头上的苦力；

甚至半夜，一个东海前线警醒的哨兵，

也深沉的说："太平洋的海水呀，海水，

 请把我的敬礼带给北非、带给埃及。"

还有，一个普通的中国家庭：

 摇篮边的老祖母，

 修筑水电站的儿子，

 在森林上空航测树海的女儿，

 在北戴河露营的小孙孙……

他们也在不同的岗位、从不同的地方

 一齐看着你呵，

中国的眼睛看着你呵，

埃及！看着你的斗争，向你敬礼！

  四

埃及！从中国的眼睛里你会看到些什么吗？

是的，你会看见：

 中国工厂里铁汁的红光，

 中国花园里花朵的红光，

 当然，还有过去中国多少次血的斗争，

 风、雨、不眠的夜晚的炮火的红光，

 那大群大群的前仆后继的身姿……

这一天，当飞速旋转的地球，

带来了人开始觉醒的二十世纪，

破晓的阳光射进了塞得港码头工人的窝铺；

埃及，今天，你便闪着亮晶晶的严峻的眼睛，

挺着胸脯从沙漠中巍然站起，

就连那流尽了血的十二万埃及子孙也集合起来，

寻找着他们的血、汗、眼泪和骸骨，

　　他们的理想和他们的记忆；

然后一起把最后一个英国兵

赶出了这沸腾的土地！

当苏伊士运河上第一次覆盖着自己的蓝天，

当苏伊士河水第一次讲着埃及的言语，

埃及开始得到自己的权力。

这时，男人可以站在这里播种，

这时，女人可以站在这里纺织，

这时，刚懂事的孩子们第一次赤着脚跑到河边，

把一掬曾埋葬爸爸尸体的河水捧回家去……

古老的尼罗河才笑着拥抱他的子孙，

苏伊士才流着泪吻着自己古老的土地，

并在一起唱着他们诞生以来

还不曾合唱过的古老的谣曲……

五

埃及，今天你显得多么年轻，

你骄傲的阔步在巍峨的金字塔底下，

朝阳沐浴着你高大的身躯。

明天，当所有和平的钟敲起来，

花朵和旗帜摇摆着，

世界将是多么美好、多么美好呵！

今天，埃及，

中国的眼睛看着你，

中国的眼睛看着你，

　　看着你的斗争、你的胜利；

埃及，你看：她的瞳仁中，

含着多少力量、多少爱、深刻的友谊！

　　　　选自《解放军文艺》1956 年 9 月号

让我变成一条金鱼

[藏族] 饶阶巴桑

舞场上，快熄灭的火堆

还在人们的脸上闪耀红光，

舞会还没有结束，但都携着心爱的走了，

繁闹的余音里，蟋蟀的歌声声声高昂。

我点燃明子①，独自回家，

——————————

　　① 明子：松油柴。

却有喘气的声音，响在后面；

我驻步静听，又没有声息，……

哦，两边的楼上正有人高声酣眠。

跨进家门，乳牛和小驴向我低声叫唤，

给它们喂了青草，又去掩门；

一只粗壮的手轻轻把我拉住，

一个晶亮的戒指放进我的手心。

"我的心儿固然不喜欢孤零，

我妈妈也说我到了成熟的年龄，

但命运不能这样随便决定。"

我轻轻把他推出了门。

乳牛和小驴吃过了第三巡夜草；

我从门缝窥见，一个魁伟的身子仍在门外伫立，

腰刀上的镶银映着月光，

阵阵的叹息湿润了门外的空气。……

迎着朝霞全村人欢送一个青年，

人们说青年要到中央民族学院；

啊，是他！昨夜你为什么不说出理由？

现在你一眼也不看我，又叫我怎样表示心愿？

要在海底的蚌壳里

找到泉头失落的珍珠，

只有让我变成一条金鱼

顺着泉水不分日夜地追逐。……

1956 年 5 月，滇池畔—金沙江畔

选自《人民文学》1956 年 10 月号

幻想的追求

[维吾尔族] 黎·穆特里夫

我不能痴望，朋友，我要追求远大的理想，

我决不能放下为斗争而举起的臂膀。

坚毅的园丁不会使花儿萎谢凋零，

让花园不合时宜地荒凉。

我的幻想宛如一个纯真的婴儿，

不时为吮吸慈母的双乳而在神往。

我凝视着天空沉浸在甜蜜的想象里，

以思维的眼睛瞧见了那光亮的一方。

当恋人掀起明亮的窗帘期待在窗前，

她心上的人怎能不在酣睡里辗转？

当爱情的烈火燃烧起我的心胸，

我怎能不写富有幻想的抑郁的抒情诗篇？

由于我听过祖母讲述给我的童话，

因此我向来就是一个富有幻想的抑郁的青年。

我既然是情海最深处的波浪，

那渺小的池沼怎能制止我的渴望？

1945 年，阿克苏

选自《人民文学》1956 年 10 月号

骆驼

郭沫若

骆驼，你沙漠的船，

你，有生命的山！

在黑暗中，

你昂头天外，

导引着旅行者

走向黎明的地平线。

暴风雨来时，

旅行者

紧紧依靠着你，

渡过了艰难。

高贵的赠品呵，

生命和信念，

忘不了的温暖。

春风吹醒了绿洲，

贝拉树①垂着甘果，
到处是草茵和醴泉。
优美的梦，
像粉蝶翩跹，
眷到尢边的漠地
化为了良田。

看呵，璀璨的火云
已在天际弥漫，
长征不会有
歇脚的一天，
纵使走到天尽头，
天外也还有乐园。

骆驼，你星际火箭，
你，有生命的导弹！
你给予了旅行者
以天样的大胆。
请你导引着向前，
永远，永远！

1956 年 9 月 17 日

选自《北京日报》1956 年 10 月 14 日

---

① 贝拉树即椰枣树，叶似椰子树，果如枣而大。

彩色的贝壳

闻捷

小序

我漫步在沙滩上，
拾取彩色的贝壳，
连同我心底的歌，
献给敬爱的读者。

一

你问祖国的海多么辽阔？
请听渔人唱"水路山歌"① ——
它呼吸着热带风、寒带雪，
拥抱了千条江、万条河！

二

年年月月，日日夜夜，
海汹涌着，海奔腾着，
海在不疲倦地运动着；
于是，海水永不腐臭，

---

① 渔民中流传的歌，内容多系叙说海上路程和岛屿简况。

海保持了青春的纯洁。

三

海即或暂时平静了，
也寓有磅礴的气魄；
浮嚣的人不懂得海，
怯懦的人不敢爱海。

四

海怎么蓝得透明？
因为它很深、很深……
浅滩附近的水，
总是那么浑浊不清。

五

海的颜色像初秋的晚霞，
刹那间可以千变万化；
渔家姑娘最爱海的本色——
蓝锦缎上绣几朵雪白的花。

六

海在放声歌唱，
歌声为什么这样响亮？
有一股暖流，

在它的胸中激荡！

七

海是一匹烈性的马，
它嘶叫着，甩动银鬃；
船夫是个真正的骑士，
虽然他手中并无缰绳。

八

船夫爱听波浪喧腾，
那粗野而又深沉的声音；
这声音仿佛沙场的战鼓，
召唤人去和海斗争！

九

海举起飞溅泡沫的酒杯，
谁喝一口就会沉醉；
爱海的人都有海量，
来吧！畅饮一生也不醉。

十

海上风起云涌了，

风浪里漂着一只小船；

它在寻找熟识的小岛，

和那避风的港湾……

这时，在乌云和白浪之间，

有海燕鼓翼飞来——

像战火和硝烟里飘起的红旗，

给渔人以勇气和信念。

十一

漂洋过海的人们，

思念海鸥的深情；

海鸥翻飞的地方，

离大陆已经很近。

十二

海螺呀，海螺！

你在呐喊什么？

海上有浓云密雾，

船队不要失掉联络，

海里的暗礁很多，

当心把船碰破；

海上没有平坦的路，

警惕险恶的风波！……

海螺呀，海螺！
你是渔人的号角。

十三

海扬起一万只拳头，
整日和岩岸搏斗；
它摔不倒挺立的岩石，
却掳走了风化的石头。

十四

不要袖着手站在海滨，
望船只劈开风浪航行；
那样，你会感到战栗，
心中充满莫名的惊恐。

十五

战胜惊涛骇浪的勇士！
你如果躺在沙滩上——
沉迷于海——那悠扬的赞歌，
和它献上的乳白花朵；
你，就会被潮水吞没。

十六

海用飘忽的气流，
筑起一座华丽的城——
那蜿蜒的墙，没有墙脚；
那浓郁的树，没有树根；
那浮游的船，没有船底；
那奔驰的车，没有车轮。
海说：一切空谈家，
都是这儿的居民。

十七

海边上有一只小船，
半悬着帆、半卷着帆，
它的灵魂是那样的懒散……
倘若不是风来催促，
它在这沸腾的海洋上
也许又会虚度一天。

　　　1956 年 5—9 月
　　　舟山—北京
　　　选自《人民文学》1956 年 11 月号

马路之歌

林庚

马路宽阔得像一条河
春天工地上正在建设
汽车的喇叭唱着牧歌
说吧年青人在想什么

远处的青山那么蓝哟
远来的阳光比水还多
我要画一只白和平鸽
祖国的天空多么辽阔

杨柳绿荫里飘出飞花
生活的节目到处广播
为什么这里不要唱歌
马路宽阔得像一条河

1956 年 6 月

选自《人民文学》1956 年 11 月号

在"龙女树"下①

方纪

一

我们行走在草原上，
这玉龙山下的草原；
草原青青像地毯，
黄花织成了图案。

草原上滚动着羊群，
羊群像玉龙山上的白云；
玉龙山上浮动着白云，
白云像草原上的羊群。

白云坠下，遮住了玉龙山，
羊群奔跑，遮盖了草原。
雨来了，从山上到草原，
像天空垂下来发光的绸缎。

我们避雨，在龙女树下。
雨滴像泪珠，穿过树枝，

① 龙女树在云南金沙江边玉龙雪山下的玉龙湖中。相传为明丽江府木土司的女儿所化。

敲着树叶，一滴一滴，

滴湿了旅人的衣衫。

　　　　二

呵，龙女树，你还在哭！

五百年了，

湖水都化做眼泪，

你也已把湖水哭干。

要爱，就应该有胆量；

要私奔，就应该跑得更远。

为什么你不听牧童的话，

和他一起跑上玉龙雪山？

玉龙山上有个好地方，

就像你们的歌里唱的：

"雉鸡当晨鸡，

驯虎当马骑……"

要活呵，就要活在这样的地方。

要死，为什么不学学你的同辈，

准备好一匹红色的彩绸，

双双吊起，在那高高的云杉？

三

也许你犹豫了，
留恋着天王宫中的富贵；
也许你没有经验过，
爱情的辛辣的滋味？

你们被捉住了，
该是多么羞耻呵！
牧童只害羞自己没有保护你，
而你，却因为是天王的女儿！

你被锁在玉龙湖心，
断绝了人世的恩情和饮食。
玉龙湖边，架起松柴，
把你的牧童活活烧死！

牧童流一滴血，
你流一滴泪；
牧童的血烧干了，
你的眼泪也流完了。

四

从此，你化做了一棵树，
长在玉龙湖心；

玉龙湖水干涸了，

都化做了你的眼泪。

玉龙湖边，

立着一根石柱，

那是牧童的影子，

永远陪伴着你；

当雪山闪着金光，

彩虹悬挂在草原上，

龙女树唱起了歌，

石柱倾听着，在她身旁。

我们来的时候却在下雨，

我们避雨在龙女树下，

听不见她的歌声，

只有眼泪滴落在我们身上。

7 月 12 日，丽江

选自《文艺月报》1956 年 11 月号

上海夜歌（一）

公刘

上海关。钟楼。时针和分针

像一把巨剪，

一圈，又一圈，

铰碎了白天。

夜色从二十四层高楼上挂下来，

如同一幅垂帘；

上海立刻打开她的百宝箱，

到处珠光闪闪。

灯的峡谷，灯的河流，灯的山，

六百万人民写下了壮丽的诗篇：

纵横的街道是诗行，

灯是标点。

1956 年 9 月 28 日　上海

选自《人民文学》1956 年 11 月号

我们高呼

冯至

匈牙利的人民，

你们在你们美丽的国土

建设了社会主义；

埃及的人民，

你们在你们美好的今天

得到了民族独立。

中国的人民

在美好的今天深深知道，

民族独立是多么宝贵；

中国的人民

在美丽的国土上深深明了，

社会主义有多么雄伟。

社会主义把十几个国家

结成亲密的大家庭，

这家庭永不分离；

民族独立把许多国家

结成知心的朋友，

朋友们永久站在一起。

我们不能允许，

有人破坏任何一个地方

辛苦建设的社会主义——

黑死病一般的法西斯

又想在匈牙利猖狂，

它一抬头就遭到痛击。

我们不能允许，

有人摧残任何一个民族

奋斗得来的独立自主——

满手血腥的殖民主义

又想在埃及登陆，

它引起全世界人民的愤怒。

英勇的匈牙利人民

消灭了社会主义的敌人，

我们高呼：社会主义万岁！

我们高呼

英勇的埃及人民，

最后胜利属于你们，

我们高呼：民族独立万岁！

1956 年 11 月 7 日

选自《光明日报》1956 年 11 月 10 日

谒鲁迅墓

公刘

我看见鲁迅先生坐在虹口公园里，

仿佛是散步中的偶尔一次休息。

他依旧穿着简单的布衣服，

就像真理本身一样朴素。

手里拿着的是一卷书籍，

仿佛在说：学习，学习，再学习。

他那棱角分明的前额，
爱与恨的线条是如此深刻。

在他的头颅里，藏着博大的海洋，
永远新鲜的活水，将我们的灵魂涤荡。

难道不是吗？在我们的思潮中，
哪一次没有他的波涛在汹涌？

真想上前去攀谈：谈生活，谈斗争，
谈一切好的方面和坏的方面。

可是，我又怎么能打断他的沉思？
——在这终于降临了的美好的日子。

是的，先生在沐浴着新中国的阳光，
而我们则沐浴着先生的阳光。

   1956 年 10 月 20 日　谒墓归来，上海
   选自《人民日报》1956 年 11 月 23 日

夜航

蔡其矫

台湾海峡的浪涛呀！

我认识你在黎明时候，中午时候，黄昏时候，

但从来还没有像今天黑夜里

我了解你这样深：

上面是深锁眉宇的阴云，下面是闪烁泪珠的黑浪，

蓬乱的头发，破烂的衣衫……

黑暗中的大海呀，你无止息地用自己的手

撕裂着自己的胸膛，

你张开嘎声的喉咙，

一再地嘶喊，震动了黑暗的天空，

是什么样的痛苦在你身上？

什么样的悲愤在你心中？

我看见伸出长长的手臂，

只朝向我求助，

我了解你热情的呼声

也只朝向灯火的大陆……

黑暗中的大海呀，请你注视我：

虽然经过长途的航行我是多么困倦，

好像有千斤的铅块吊在我眼皮上，

但是我仍然坚持着自己的岗位，

用眼泪向你张望……

你不要以为我来了又走了，黑暗中的大海呀！

我们是从不后退的战士！

有苦难的地方就有我！

为了你的自由，

多少战士离开了自己亲爱的故乡，

撒下了多少最鲜艳的花朵，

在这从不开花的甲板上！

我们接下他们的武器，还要经历时日的风霜，

磨炼我们的筋骨，然后兴兵而来……

1956 年 9 月，福建。

选自《人民文学》1956 年 12 月号

献给埃及的诗（三首）

唐祈

寄到埃及的战壕里

埃及的兵士在战壕里，

  迎击了第一批侵略者

    血腥的进攻。

森林的黎明五点钟，从战壕里

英勇的埃及弟兄

  为了神圣的自卫

    正向敌人射击

发起了冲锋。

听见了吗？埃及兵士，我的弟兄！
全世界的人民
　　将铅一样重的愤怒
　　　砸在敌人的坦克上
握紧呵，伸向战壕里来的
我们亚洲人的支援的手！

苏伊士运河的波浪

苏伊士运河的波浪，
　　蓝色的波浪，
呵，我的感情像你们一样
　　在奔腾，在歌唱，
全世界注视着你们，
　　像一个庄严的思想。

呵，你们蓝色的水波，
多么像埃及人哀伤的眼泪，
多么像一支被压迫民族的歌；
多么像修筑运河的十二万个
　　　手臂上蓝色的脉搏呀！
他们的血在流，他们的血在流——
　　在阿拉伯的月光下
　　在椰树林的晨曦里

痛苦地流过，默默地流过，

呵，埃及人的蓝色的水波呀！

人们听着纳赛尔的命令

在埃及升起的曙光中

把你们领回来了！

      领回来了！

你们第一次看见

埃及领航员钻石一样的眼睛

  那样深情的注视；

埃及母亲们用面纱擦着泪滴

  从心里叫唤着你们……

呵，蓝色的波浪

你们正在奔流，正在歌唱，

记住呵，苏伊士运河的波浪，

你们是埃及的武器，

假如强盗的军舰开到这里

呵，蓝色的波浪

  我的感情像你们一样

要把强盗们，每一个

  每一个吞没到底！

开罗

  ——新华社报导，开罗电台被英法轰炸机滥施轰炸，三天没有电台消息。

开罗的电台突然寂静，

全世界失掉了它的声音，
深夜每扇打开的窗户，
　　都像凝视着埃及的眼睛。

呵，开罗天蓝色的电波断了，
　　我们听不到它的喊声。
但这座铁一样镇静的城，
　　却是世界上和平的最强音。

　　　选自《人民文学》1956 年 12 月号

烟囱

洛夫

独立于淡淡的斜阳里
风撩起黑发，而瘦长的投影静止
那城墙下便有点冷，有点怆凉
我是一只想飞的烟囱

俯首望着那条长长的护城河
河水盈盈，流着千年前的那种蜿蜒
谁使我禁锢

每天下午我都在仰望
白云在天空留下的脚印

我想远游，哦！那长长的河，青青的山

如能化为一只逐云的野鹤

甚至一粒微尘

但我只是城墙下一片投影

——让人寂寞

选自《创世纪诗刊》1956 年第 6 期

鱼

舒兰

在海的乐章里

我是一只银色音符。

虽然，

我沉默一如贝壳。

而在珊瑚岛上，

我是秋天的落叶。

不知时光的暗流。

葬我何处。

选自《现代诗》1956 年第 15 期

草木篇

流沙河

寄言立身者

勿学柔弱苗

　　——白居易

白杨

　　她，一柄绿光闪闪的长剑，孤零零地立在平原，高指蓝天。也许，一场暴风会把她连根拔去。但，纵然死了吧，她的腰也不肯向谁弯一弯！

藤

　　他纠缠着丁香，往上爬，爬，爬……终于把花挂上树梢。丁香被缠死了，砍作柴烧了。他倒在地上，喘着气，窥视着另一株树……

仙人掌

　　她不想用鲜花向主人献媚，遍身披上刺刀。主人把她逐出花园，也不给水喝。在野地里，在沙漠中，她活着，繁殖着儿女……

梅

在姐姐妹妹里，她的爱情来得最迟。春天，百花用媚笑引诱蝴蝶的时候，她却把自己悄悄地许给了冬天的白雪。轻佻的蝴蝶是不配吻她的，正如别的花不配被白雪抚爱一样。在姐姐妹妹里，她笑得最晚；笑得最美丽。

毒菌

在阳光照不到的河岸，他出现了。白天，用美丽的彩衣，黑夜，用暗绿的磷火，诱惑人类。然而，连三岁孩子也不去理睬他。因为妈妈说过，那是毒蛇吐的唾液……

1956 年 10 月 30 日成都

原载《星星》诗刊 1957 年 1 月创刊号

火柴

流沙河

你烧毁自己
把火给人类，
短促的一生不过几秒钟
却比虚度百年的人更可贵。

1956 年

选自诗集《告别火星》，作家出版社 1957 年 5 月版

在矮矮的灌木丛边

万忆萱

天黑啦，那矮矮的灌木丛
变成了一片暗蓝；
月亮升起来啦，那美丽的百灵鸟
又开始曼声叫唤。

小伙子和姑娘并肩走着，
轻轻来到灌木丛边。
这久别相逢的心情呵，
比用玫瑰酿的蜜还香甜。

本来有很多话要说，
可是谁也没有开言，
他俩的心情是那样平静，
只觉得一切都那么美妙、香甜。

他俩在草地上坐了下来，
羞涩而又大胆地瞅着对方的两眼。
看样子，他俩是下了决心，
就这么坐上一个夜晚。

"你们每天什么时候睡下？"

"不忙，明天正轮到我歇班。"

姑娘的眼睛亮了，小伙子又说：

"有一件活儿还要在明天做完。"

姑娘的眼光又暗淡下来，

心里说："我该怎么办？

是一清早骑马回去呢？

还是在他帐篷里再住一天？"

"唉，真没有办法，

这活儿需要请你帮助一下。"

"别开玩笑，我能帮助你什么？

是耕作呢？还是采棉？"

小伙子像是恳求又像指教：

"说来这事情并不怎么困难。

只请你在我干活的时候，

安安静静地坐在我的身边。"

姑娘格格地笑了，

暗蓝色的灌木丛也微微发颤，

小伙子吹起口哨，

不懂事的百灵鸟又在跟着叫唤……

1956 年

选自《诗选（1949—1979）》，人民文学出版社 1981 年版

血液银行

汪静之

南朝鲜兄弟，

　　　　　想想吧！

谁是亲人？

　　　　谁是凶神恶煞？

敌我要认清，

　　　　亲仇要区别。

不要把

　　自己的同胞

　　　　错认作爷。

谁发动内战

　　逼你们，

　　　　替人流血？

谁逼你们

　　自相摧残，

　　　　自相毁灭？

逼你们卖命

　　　还不算，

又开了血液银行

　　　　诱惑你们

　　　　　出卖鲜血。

要用你们的

　　　　热腾腾的血
去繁殖
　　　　冷冰冰的金元；
要用你们的
　　　　　　红火火的血
去加高
　　　　黄灿灿的金山；
要用你们的
　　　　　活鲜鲜的血
去灌溉
　　　　摩天楼上的乐园。

不要用一滴血
　　　去喂养
　　　　侵略的炮舰；
不要用
　　　纯洁的血
去营养
　　　军火大王
　　　　　残忍的心肝；
不要用
　　　高尚的血
去增添
　　　夜总会上
　　　　　淫荡的红颜。
要珍视

自己的鲜血，

要保护

自己的血管。

一滴血

也不许浪费，

要集中使用

用在最重要的

一关。

要用血的光芒

消灭掉

法西斯的魔影，

要用白血球

像吞灭细菌一般

吞灭掉

美国的希特勒——

战争罪犯！

后记：12 月 17 日《人民日报》上说：美国和李承晚集团在汉城开设了一个"血液银行"，并诱惑贫苦的无以为生的人去卖血。住在南朝鲜永登浦的高等工业学校学生申东均，因为卖血过多而死。

1956 年 12 月 30 日

选自《诗选（1949—1979）》，人民文学出版社 1981 年 2 月出版

妖女的歌

穆旦

一个妖女在山后向我们歌唱，
"谁爱我，快奉献出你的一切。"
因此我们就攀登高山去找她，
要把已知未知的险峻都翻越。

这个妖女索要自由、安宁、财富，
我们就一把又一把地献出，
丧失的越多，她的歌声越婉转，
终至"丧失"变成了我们的幸福。

我们的脚步留下了一片野火，
山下的居民仰望而感到心悸；
那是爱情和梦想在荆棘中闪烁，
而妖女的歌已在山后沉寂。

1956 年

选自《赞美·诗八首》，长江文艺出版社 2011 年 10 月版

本卷作者简介

柯仲平（1902—1964），云南宝宁（今广南）人。北京政法大学肄业。1926 年先后在上海创造出版部、狂飙社出版部工作，并在建设大学任教。1937 年到延安，倡导街头诗，曾任陕甘宁边区民众剧团团长，陕甘宁边区文化协会主任。新中国成立后，历任西北军政委员会文教委员会副主任兼西北艺术学院院长，中国作家协会副主席。出版《柯仲平文集》《柯仲平诗文集》《从延安到北京》等多部。

何达（1915—1994），原名何孝达，祖籍福建闽侯，生于北京。1942 年在西南联大、清华大学学习。曾创办新诗社，从事诗歌创作，1931 年开始发表作品。1932 年在平汉铁路局工务处任职，"九一八"时参加抗日救亡运动，历任滇缅铁路工程局课员、欧亚航空公司修理厂职员，1954 年到香港以写作为主。出版诗集《何达诗集》《生命的升腾》及散文集《出发》《又绿集》《书与桥》等。

公刘（1927—2003），本名刘仁勇，又名刘耿直，江西南昌人。1946 半工半读于中正大学法学院，并投身学生运动，1948 年初流亡上海，旋赴香港参加中国共产党领导的全国学生联合会宣传工作。广州解放后，参加中国人民解放军，随部队进军大西南。1956 年到解放军总政治部任职，1957 年被打成"右派"。2003 年去世。著有长诗《阿诗玛》（合著）、《望夫石》等，出版《神圣的岗位》《黎明的城》《在北方》《公刘诗选》等多种。

臧克家（1905—2004），曾用名臧瑗望，笔名少全、何嘉，山东潍坊诸城人。曾任《诗刊》主编、中国诗歌学会会长，2004年去世。出版有诗集《烙印》《宝贝儿》《罪恶的黑手》《自己的写照》《运河》以及文论集《在文艺学习的道路上》等多种。

杭约赫（1917—1995），原名曹辛之，江苏宜兴人。1938年至延安，先后就学于陕北公学与鲁迅艺术学院。1939年参加李公朴率领抗战建国教学团赴晋察冀边区工作，并尝试新诗创作。历任三联书店管理处美编室主任、人民美术出版社编审、《诗书画》报主编、中国装帧艺术研究会会长。1995年去世。出版诗集《撷星草》《噩梦录》《火烧的城》，以及长诗《复仇的土地》等多种。

张志民（1926—1998），河北宛平（今属北京）人，1955年毕业于中央文学讲习所。曾任《北京文艺》主编、北京作家协会副主席、《诗刊》主编，中国作家协会驻会专业作家。著有诗集《死不着》《将军和他的战马》《家乡的春天》《村风》等。诗歌《边区的山》获1983年中国人民解放军文艺奖，《"死不着"的后代们》获1984年北京文学奖，《今情·往情》获全国优秀新诗奖。

阮章竞（1914—2000），曾用名洪荒，广东中山人。1937年后历任游击队指导员、八路军太行山剧团团长、太行文联戏剧部长、中共华北局宣传部文艺处处长、中国作家协会党组成员、北京市作家协会主席。1935年开始发表作品。1949年加入中国作家协会。著有长诗《漳河水》《金色的海螺》以及长篇小说《霜天》、剧本《在时代的列车上》等，出版诗集《勘探者之歌》《白云鄂博交响诗》《虹霓集》等。

俞平伯（1900—1990），原名俞铭衡，字平伯，浙江德清人。

现代诗人、作家、红学家。早年参加五四新文化运动，为新潮社、文学研究会、语丝社成员。参与创办我国最早的新诗月刊《诗》。著有诗集《冬夜》《西还》《忆》等。

郭沫若（1892—1978），幼名文豹，原名开贞，字鼎堂，号尚武，四川乐山人。现代文学家、历史学家、中国新诗奠基人之一。1918 年开始创作新诗，参与组织发起"创造社"。著有诗集《女神》《长春集》《星空》等。

吕剑（1919—　），原名王延觉、王聘之，山东莱芜人。中国民主同盟成员。1944 年至 1945 年任昆明《扫荡报》文艺副刊主编，1946 年至 1947 任香港《华商报》副刊主编，《中国诗坛》编委，北方大学艺术学院教师，1949 年任《人民文学》编辑部主任。1938 年开始发表作品。出版《诗与斗争》《诗论集》《吕剑诗集》《双剑集》等 20 余部。

胡天风（1923—1991），湖北天门人，原名胡端豪，笔名天风、海雨、田枫。幼读私塾，漂泊辗转多地，后毕业于湖北省立恩施第七高中。1940 年开始发表作品，著有诗集《呼唤》，报告文学集《荆江分洪》，速写集《凤凰岭》（合集），散文集《天风海雨集》等。参与创建《湖北日报》，曾任《汉语大字典》湖北省编辑部主任。

严辰（1914—2003），江苏武进人，原名严汉民，笔名厂民，1933 年毕业于上海正风文学院文学系，1934 年开始发表作品。1941 年参加革命工作，历任延安文艺界抗敌协会、鲁迅艺术文学院研究室和中央党校四部创作员、教师，华北联合大学、华北大学文学系教师，《人民文学》副主编，《诗刊》主编。著有散文集《在城郊前哨》，诗集《唱给延河》《生命的春天》《严辰诗选》《严辰诗歌六十年》等，报告文学集《光荣的岗位》《时代新人》

（合著）等，电影纪录片撰稿《英雄战胜北大荒》等。

　　公木（1910—1998），河北辛集人，原名张永年，又名张松甫、张松如，笔名公木、木农等，中国著名诗人、学者、教育家。先后考入直隶正定省立第七中学（现河北正定中学）、北平大学第一师范学院国文系。1932 年冬在北平拜访鲁迅，鲁迅为其筹办的《文学杂志》创刊号写了《听梦说》。其作词的《八路军进行曲》1988 年被定为中国人民解放军军歌。公木还是东北师范大学创始人之一，东北师范大学校歌词作者。著有《公木诗选》《诗论》《中国古典诗论》《中国诗歌史》《中国诗歌史论》等。

　　何其芳（1912—1977），重庆万州人，著名诗人、散文家、文学评论家。毕业于北京大学哲学系，1935 年创办刊物《工作》，曾任"鲁艺"文学系主任、中国社会科学院文学研究所所长等职务，在"文革"中不幸遭害。著有散文集《画梦录》，诗集《预言》《我们的生活是多么广阔》等。

　　胡风（1902—1985），原名张名桢，又名张光人，湖北蕲春人。作家、诗人、文艺理论家。

　　芦甸（1919—1973），原名刘振声，江西贵溪人，七月派诗人。抗战期间在成都参加文艺活动，加入成都文协，后组织《平原诗社》，曾任川东中学教员，1945 年到中原军区参加革命工作，并参加中原突围，后在晋冀鲁豫文联工作。1949 年后历任天津文协秘书长、华北文联创作员、天津文联创作员。1939 年开始发表作品。著有诗集《我们是幸福的》、中篇小说《浪涛中的人们》、话剧剧本《第二个春天》等。

　　王亚平（1905—1983），河北威县人，原名王福全，笔名罗伦、白汀、大威。1932 年加入中国诗歌会，1934 年在青岛创办《诗歌季刊》《现代诗歌》。

绿原（1922—2009），原名刘仁甫，湖北黄陂人。1941 年发表诗歌处女作，1942 年考入重庆复旦大学，出版第一本诗集《童话》。新中国成立后主要从事报刊编辑、国际宣传、外国文学出版编译等工作，曾任职《长江日报》社、中共中央宣传部等。1955 年受"胡风事件"牵连。1962 年起，在人民文学出版社工作。出版诗集《又是一个起点》《集合》《人之诗》《另一只歌》等，并有诗话集、散文集及翻译作品多种。

冯至（1905—1993），原名冯承植，字君培，直隶涿州（今属河北）人。现代诗人，翻译家。1923 年加入浅草社，1925 年参与成立沉钟社，出版《沉钟》周刊、半月刊和《沉钟丛刊》。著有诗集《昨日之歌》《十四行集》等。

李季（1922—1980），原名李振鹏，笔名里计、于一帆等，河南唐河县祁仪镇人，现代著名诗人。曾任中共中央北方局党校教育干事，《长江文艺》《诗刊》《人民文学》主编，中国作协副主席等。著有长诗《王贵与李香香》《杨高传》，诗集《玉门诗抄》等。

戈壁舟（1915—1986），原名廖信泉，又名廖耐难，成都人。1939 年到延安，1941 年考入鲁迅艺术文学院文学系，1945 年到伊克昭盟中央民族学院任教，1947 年到新华社前线分社做随军记者。1936 年开始发表作品。曾任《延河》主编，四川文联党委副书记兼秘书长，西安市文联主席。著有抒情诗集《别延安》《黑海赞歌》《延安诗抄》，叙事长诗《把路修上天》《青松翠竹》《沙原牧女》等。

丁芒（1925—　），江苏南通人。1946 年参加新四军，肄业于华中建设大学。历任独立十旅、三十五旅、华野十二纵队及解放军第三十军政治部前线记者、编辑；海军政治部《人民海军报》《海军战士》编辑组长，总政治部《解放军战士》编辑。

覃子豪（1912—1963），原名覃基，四川广汉人。1947 年赴台，与钟鼎文、纪弦并称台湾现代"诗坛三老"，1954 年参与创办蓝星诗社，任社长，曾就新诗创作问题与纪弦展开论战，批判台湾新诗的西化倾向。

朱子奇（1920—2008），湖南汝城人。1936 年加入南京左联，1938 年毕业于延安抗日军政大学，1942 年后考入延安大学，1949年任任弼时秘书，任政务院文委对外联络局苏联东欧处处长。1937年开始发表作品，1949 年参与筹办中国作家协会，曾任中国作协常务书记。著有诗集《春鸟集》《春草集》《友谊集》，散文集《十二月的莫斯科》，译有捷克诗人涅兹瓦尔的长诗《和平歌》等。

穆仁（1923—　），本名杨本泉，四川武胜人。

白夜，不详。

高兰（1909—1987），原名郭德浩，黑龙江瑷珲县人。燕京大学国文系毕业，曾任山东大学中文系教授。中国民盟成员。出版《李后主评传》及诗集《高兰朗诵诗选》《朗诵诗新辑》《用和平力量推动地球前进》等。

袁水拍（1916—1982），原名袁光楣，笔名马凡陀，江苏吴县人。肄业于沪江大学。1937 年在香港参加文艺界抗敌协会，任候补理事、会刊编辑。后历任上海《新民报》《大公报》编辑，《人民日报》编辑、文艺组组长，中宣部文艺处处长，文化部艺术研究所负责人。

余光中（1928—2017），生于南京，祖籍福建永春。1949 年迁台，1958 年赴美进修，次年获艾奥瓦大学艺术硕士学位。先后任教于台湾东吴大学、台湾师范大学、台湾大学、台湾政治大学及香港中文大学，曾任台湾中山大学文学院院长等。1954 年与友人共同创办"蓝星"诗社。其作品多次获奖。出版诗集《舟子的悲歌》

《蓝色的羽毛》《莲的联想》《五陵少年》《天国的夜市》《在冷战的年代》《白玉苦瓜》《与永恒拔河》《余光中诗选》等多种，并出版散文集、评论集及翻译作品多种。

徐朔方（1923—2007），浙江东阳人。著名学者。著有《徐朔方集》等。

牛汉（1923—2013），本名史承汉、史成汉，曾用笔名谷风，生于山西定襄，蒙古族。1940 年开始发表诗歌作品，1943 年就读于西北大学，1946 年因参加学生运动被捕，1955 年受"胡风事件"牵连。1954 年起长期在人民文学出版社工作，曾任《新文学史料》主编、《中国》执行副主编等。出版诗集《彩色的生活》《祖国》《爱与歌》《温泉》《沉默的悬崖》《牛汉诗选》《牛汉诗文集》等。

蓉子（1928—　），本名王蓉芷，江苏涟水人。1948 年赴台，1951 年开始写诗，1955 年与诗人罗门结婚，参加"蓝星"诗社。1995 年参加艾奥瓦大学"国际写作计划"。出版诗集《青鸟集》《七月的南方》《这一站不到神话》《蓉子诗抄》《横笛与笠琴的晌午》《夏，在雨中》《蓉子自选集》《雪是我的童年》等。其写作文类主要为新诗，兼及散文与儿童文学。

吕松，不详。

沙金，不详。

高加索（1924—1998），安徽宁国人，本名吕建军。1946 年，在南京秘密加入中国共产党，在国民党军统从事地下情报工作，系南京地下党新闻分委委员。新中国成立后任南京市委宣传部干事、南京市政协学习办公室副主任、《爱国报》主编。1942 年开始诗歌创作，著有诗集《花开满地又是春》《江南谣》《正午的瞳孔》《秋天里的春天》等。

刘岚山，不详。

胡征（1917—2007），祖籍湖北大悟，出生于河南罗山，原名胡秋平。幼年当过药店学徒、农林局练习生。1935 年开始文学创作，1938 年参加革命，同年在延安抗日军政大学学习，1939 年在鲁迅艺术学院学习。曾任《文艺工作》主编，《解放军文艺》小说组组长，1955 年因"胡风事件"入狱。抗战期间，曾在延安、重庆、桂林各地发表过诗、小说。出版有小说集《红土乡记事》、长诗《七月的战争》《大进军》等。

纪弦（1913—2013），本名路逾，生于河北清苑，祖籍陕西秦县。1929 年以"路易士"笔名开始写诗，1933 年毕业于苏州美专。1945 年改用"纪弦"笔名，1948 年赴台任教，1956 年成立"现代派"，1976 年赴美定居。出版诗集《摘星的少年》《饮者诗抄》《纪弦自选集》《晚景》《半岛之歌》《宇宙诗抄》《纪弦诗拔萃》等。

穆旦（1918—1977），本名查良铮，亦用笔名梁真等，生于天津，原籍浙江海宁。在南开中学求学期间开始写诗。1935 年就读于清华大学外文系。抗日战争开始后随校南迁至昆明。1940 年毕业于西南联大。1948 年夏赴美国芝加哥大学英国文学系学习，1952 年获硕士学位。后回国任教于南开大学外文系，受政治运动冲击。1977 年初因心脏病突发去世。"九叶"派代表诗人。出版诗集《探险队》《穆旦诗集》《旗》《穆旦诗文集》等，翻译普希金、拜伦、雪莱、济慈、别林斯基等人的诗作和文论多种。

鲁煤（1923—2014），河北望都人，原名王夫如。1944 年入重庆国立艺术专科学校学习，1946 年赴晋察冀解放区，入华北联合大学学习。同年任华北大学文艺研究室文学组创作员。新中国成立后，历任中央戏剧学院创作室、文化部艺术局创作室、中国剧协创作室编剧。著有话剧《红旗歌》《里外工会》，诗集《扑火者》等。

刘志平，不详。

杨唤（1930—1954），原名杨森，辽宁兴城人，1949 年随部队到台湾，台湾现代派诗人之一。1950 年开始写儿童诗，成为台湾现代儿童诗的先驱。出版诗集《风景》《杨唤诗集》《水果们的晚会》等。

艾青（1910—1996），原名蒋正涵，曾用笔名莪加、克阿、林壁等，浙江金华人。早年曾出国留学，1932 年回国开始写诗，曾担任"文抗"作家、《天下日报》副刊主编、《诗刊》主编、《收获》编委，"文革"结束后担任中国作家协会副主席，出版《向太阳》《火把》《献给乡村的诗》等诗集近五十部。

柯原（1931—2016），本名章恒寿，侗族，祖籍湖南新晃，出生于河北景县，笔名路苇、夏季。1949 年毕业于华北大学第一部，1949 年参军，曾任广州军区文化部文艺处处长。1946 年开始发表作品。著有诗集《露营曲》《一把炒面一把雪》《雪莲、珊瑚、岁月》等，散文集《岁月潮声》、散文诗集《爱的国土》《野玫瑰》《南方的爱情》等

邵燕祥（1933—2020），祖籍浙江萧山。新中国成立后，历任中央人民广播电台编辑、记者、《诗刊》副主编。1958 年被划为"右派"。著有诗集《到远方去》《在远方》《迟开的花》《邵燕祥抒情长诗集》等。

周良沛（1933—　　），江西井冈山永新人。1949 年 4 月底，随横渡长江的大军南下、剿匪、戍边、修路。1958 年被划为"右派"。著有诗论、诗选集、长篇传记、散文等。

徐迟（1914—1996），原名商寿，浙江吴兴人。1931 年入东吴大学。"九一八"事变发生后，12 月参加学校爱国学生"援马团"

北上，拟出关抗日。滞留北平。1932 年入燕京大学借读。1936 年和诗人路易士一起协助戴望舒创办《新诗》。有译作《巴马修道院》和《华尔腾》（后改译名《瓦尔登湖》）等。

胡昭（1933—2004），满族，吉林舒兰人。1950 年入中央文学研究所学习，曾任《吉林日报》编辑、《长春》杂志副主编、《作家》杂志主编。著有诗集《光荣的星云》《山的恋歌》《瀑布与虹》《雁哨》等。

未央（1930—　），本名章开明，湖南常德人。1949 年 8 月，参加中国人民解放军某部宣传队，参加过衡宝战役、滇南战役、桃源剿匪等。1950 年 10 月，参加中国人民志愿军赴朝从事部队文艺工作。曾任湖南文联副主席、湖南作协主席。出版诗集《假如我重活一次》、小说集《巨鸟》等。

李瑛（1926—2019），祖籍河北省丰润，生于辽宁锦州。1945 年入读北京大学中文系，边读书边从事学生运动。先后任记者、文艺刊物编辑、文艺出版社社长、总政文化部部长、中国作家协会主席团成员、中国文艺界联合会副主席等职。

魏巍（1920—2008），原名魏鸿杰，笔名红杨树，河南郑州人，当代诗人、散文作家、小说家。1951 年 4 月 11 日在《人民日报》刊登《谁是最可爱的人》在全国引起了广泛影响。著有诗集《两年》《红叶集》《不断集》《魏巍诗选》等。

邹荻帆（1917—1995），湖北天门人，曾与穆木天、冯乃超创办《时调》诗刊。自 1937 年在《文学》新诗号上发表处女诗后，便一发不可收拾，情感激荡待发，其诗歌内容与时代紧密相连，反映农民生活。代表作品有《做棺材的人》《没有翅膀的人们》等。

莎蕻（1923—2003），原名徐永禄，山西安泽人，笔名冰野、塞鹰。1937 年参加革命，1939 年毕业于民族革命艺术学院文学系，曾任边区文协三边文协副主任、冀察热辽军区文工团编辑部主任、鲁迅艺术学院文学系教师、《群众文艺》杂志主编、《驼铃》主编等。1938 年开始发表作品。著有《红旗、红马、红缨枪》《紫竹河上的姑娘》《南国恋情》《秋林行》《人民英雄董存瑞》《朱总司令》《莎蕻文集》（3 卷）等。

王老九（1894—1969），原名王建禄，陕西临潼人。著有诗集《王老九诗选》以及自传体长诗《泪海波涛》等。

袁鹰（1924— ），江苏淮安人，原名田钟洛，当代著名作家、诗人、儿童文学家、散文家，政治家。生于一个破败的地主家庭，在上海读完中学、大学，曾担任中学教员，长期从事新闻工作。建国初期曾任《解放日报》记者、编辑，《人民日报》文艺部主任。著有散文集《第一个火花》《红河南北》《第十个春天》等，诗集《江湖集》《篝火燃烧的时候》等。

巴·布林贝赫（1928—2009），蒙古族，内蒙古昭乌达盟（今赤峰市）巴林右旗人，诗人、学者、教授。著有蒙文诗集《你好，春天》《黄金季节》等，汉文诗集《东风》《生命的礼花》等以及论著、译著多种。

痖弦（1932— ），本名王庆麟，河南南阳人。1949 年参加国民党军队，随军去台。1974 年任《中华文艺》总编辑，1977 年任台湾《联合报》副刊主编，为《创世纪》诗刊"三驾马车"之一，曾应邀参加爱荷华大学国际创作中心。著有诗集《痖弦诗抄》《深渊》《盐》等。

郑愁予（1933— ），台湾诗人，生于山东济南，1949 年自费出版第一部诗集《草鞋与筏子》，同年赴台湾。1951 年开始在台湾地区发表诗作，1956 年与友人创立现代诗社，1968 年前往美国深造，2005 年返台担任驻校诗人，著有诗集《燕人行》《莳花刹那》

等近二十部。

鲁藜（1914—1999），原名许图地，福建同安人。七月诗派代表人物，新中国成立后历任天津市文学工作者协会主席，中国作家协会第四届理事等。其诗作《泥土》影响了一代又一代人，其诗歌充满爱国主义激情，为读者喜爱。代表作品有《醒来的时候》《时间的歌》《山》等。

周梦蝶（1921—2014），本名周起述，河南南阳人。1948 年去武汉求学未成，生活无着投军，后随军撤到台湾。1952 年开始诗歌创作，并加入"蓝星"诗社，为台湾"国家文艺奖"首位获得者。著有诗集《孤独国》《还魂草》《十三朵白菊花》《约会》和《有一种鸟或人》等。

罗门（1928—2017），本名韩仁存，生于海南文昌。1949 年赴台，1954 年发表第一首诗作。1955 年加入"蓝星"诗社，1995 年同蓉子参加艾奥瓦大学"国际写作计划"。曾获蓝星诗奖、台湾《中国时报》推荐诗奖等。出版诗集《曙光》《第九日的底流》《死亡之塔》《隐形的椅子》《罗门自选集》《旷野》《时空的回声》《日月的行踪》《罗门编年诗选》，并有文论集等多种。

田间（1916—1985），原名童天鉴，安徽无为县人。1934 年加入中国左翼作家联盟，任《文学丛书》《新诗歌》编辑。其作诗尤其注重诗歌的战斗性，表现农民生活的苦难，其诗作《假使我们不去打仗》影响全国，被闻一多称为"擂鼓诗人""时代的鼓手"。代表作有《给战斗者》《中国牧歌》《中国农村的故事》等。

李冰，不详。

顾工（1928—　　），上海人。1945 年参加新四军，在军队从事宣传工作。后任八一电影制片厂编剧、《解放军报》记者等。出版诗集《喜马拉雅山下》《这是成熟的季节啊》《火的喷泉》等，另有小说集、散文集、童话集等多种。

闻捷（1923—1971），原名赵文节，曾用名巫之禄，江苏丹徒人。1938 年参加革命工作，曾任新疆分社社长、中国作协第二届理事、兰州分会副主席，著有诗集《天山牧歌》《生活的赞歌》，长诗《复仇的火焰》等。

张永枚（1932— ），号实若，笔名黄桷树等，四川万县人。1950 年四川省立师范学校肄业、参军，后参加抗美援朝战争，在军队历任文化干部、政治部创作员等。出版诗集《新春》《海边的诗》《南海渔歌》《骑马挎枪走天下》《螺号》等，并出版剧本、长篇小说、散文等数种。

高平（1932— ），山东济阳人。曾任甘肃省作家协会主席。出版有诗集《大雪纷飞》《珠穆朗玛》《拉萨的黎明》《高平诗选》等多种，文艺论集《致诗友》《文海浅涉》，散文集《从西藏到东欧》《修筑川藏公路亲历记》等，以及歌剧《向阳川》、长篇小说《六世达赖喇嘛仓央嘉措》等多种。

梁上泉（1931— ），四川达州人。1950 年达县高级中学毕业前夕参军，历任川北军区文工团、西南军区公安部队文工团创作组副组长，军委公安军文工团创作员，重庆市歌舞剧团编剧，重庆市文联专业作家。著有诗集《不老草》《喧腾的高原》《六弦琴》《献给母亲的石竹花》等 26 部，以及其他作品集多种。

罗盛教（1931—1952），原名罗雨成，湖南新化人。1946 年入湖南省立九师附小就读，1947 年免试升入湖南省立九师简师班学习，毕业后考入省立十三中（高中部），改名罗盛教。1951 年 4 月参加中国人民志愿军入朝作战，担任中国人民志愿军第 47 军第 141 师侦察队文书。1952 年 1 月 2 日，罗盛教在平安南道成川郡石田里为抢救朝鲜落水儿童崔莹而英勇献身。

洛夫（1928—2018），本名莫洛夫，生于湖南衡阳。1949 年迁台，服役于海军。1954 年与友人成立"创世纪"诗社，任总编辑多年。1973 年从淡江文理学院外文系毕业。1996 年移民加拿大。作品多次获奖。出版诗集《时间之伤》《灵河》《石室之死亡》《魔歌》《众荷喧哗》《因为风的缘故》《月光房子》《雪落无声》《漂木》《烟之外》《洛夫诗歌全集》等多部，另出版散文集、评论集及译著多部。

韦其麟（1935—　），壮族，广西南宁市人，教授。著有长诗《百鸟衣》《凤凰歌》等。曾任广西文联主席。

郭小川（1919—1976），本名郭恩大，河北丰宁人。1937 年到延安，1941 至 1945 年在延安马列学院学习。新中国成立后，曾任中国作协书记处书记、《诗刊》编委、《人民日报》特约记者等职。1970 年初被下放到湖北咸宁五七干校劳动锻炼。出版诗集《投入火热的斗争》《致青年公民》《雪与山谷》《月下集》《郭小川诗选》等，并出版有 12 卷本《郭小川全集》。

苗得雨（1932—2017），山东沂南人。1946 年开始发表作品，曾任《前哨》和《山东文学》副主编。著有诗集《旱苗得雨》《青春辞》《沂蒙春》《解放区少年的歌》《苗得雨六十年诗选》（上、下卷）等，论文集《文谈诗话》《赏诗谈艺》《探艺集》等，另有《苗得雨散文集》、剧本《保卫大翻身》等 41 种。

白荻（1937—　），本名何锦荣，台湾台中人。1958 年出版第一本诗集《蛾之死》，参加"蓝星"诗社、"创世纪"诗社、"笠"诗社等。出版诗集《风的蔷薇》《天空象征》《白荻诗选》《香颂》，诗论集《现代诗散论》等。1956 年获第 1 届中国新诗奖，1985 年获第 19 届吴三莲奖。

谢冕（1932 年—　），福建福州人，北京大学教授。出版各类著作数十部。20 世纪 80 年代初，谢冕率先发表《在新的崛起面前》一文为现代诗辩护。该文影响深远，与孙绍振《新的美学原则在崛起》、徐敬亚《崛起的诗群》一起被称为"三个崛起"论，为中国新时期文学的发展扫清了理论障碍。

傅仇（1928—1985），原名水康，四川荣县人。1950 年参军，学习文艺创作，参加剿匪和土地改革。曾任《星星》诗刊执行编辑和《四川文艺》诗歌组组长，先后出版《森林之歌》《雪山谣》《伐木者》等 10 余部森林诗集和散文集。

雁翼（1927—2009），本名颜洪林，河北馆陶人。1942 年参加八路军，在部队历任通讯员、警卫员、通讯班长、政治指导员、文工团团长等职，1949 年开始写诗，1956 年后调作协重庆分会从事专业创作，历任作协重庆分会理事、《奔腾》月刊副主编、《四川文艺》负责人等。出版诗集《大巴山的早晨》《在云彩上面》《黑山之歌》《江海行》《雁翼诗选》等，并出版诗论、小说、散文、剧本等多部。

流沙河（1931—2019），本名余勋坦，四川金堂人。1950 年参加工作，任《川西农民报》编辑、《四川群众》编辑、《星星》编辑等，1957 年因《草木篇》被划为"右派"，接受"劳动改造"计 20 年，1979 年调回四川省文联任《星星》编辑。出版诗集《农村夜曲》《告别火星》《流沙河诗集》《游踪》《故园别》《独唱》等，并有诗论集、散文、随笔集等多种。

李莎，台湾诗人，余不详。

昌耀（1936—2000），湖南桃源人，本名王昌耀。1954 年开始发表诗作，因 1957 年发表的《林中试笛》被划为"右派"，长期遭受监禁、劳役。1979 年后调任中国作协青海分会专业作家。出版《昌耀抒情诗集》《昌耀的诗》《昌耀诗文总集》等。

饶阶巴桑（1935—　），藏族，云南德钦人。1951 年参军，历任战士、翻译、侦察兵、文化教员、干事，昆明军区政治部文化部创作员，兰州军区政治部文化部专业作家，中国作协云南分会副主席。1955 年开始发表作品。著有诗集《草原集》《石烛》《爱的花瓣》《对生叶之恋》等。组诗《棘叶集》获全国首届少数民族文学创作奖。

韩笑（1929—1994），吉林市人。1946 年参加革命，1951 年入党。历任吉林省军区政治部《战斗生活报》、师政治部《部队通讯报》编辑，湖南省军区十二兵团画报社、《战士文艺》主编。出版诗文集《黄河长江》《天涯海角》《毛泽东颂》等多部。

西彤（1930—　），笔名栖桐、曦虹、严炽、丹谷，广西恭城人。毕业于上海声乐研究所。1947 年始发表作品。1949 年随军南下，长期在广东工作，历任部队专业创作员、《作品》月刊副主编、《华夏诗报》主编。著有诗集《心灵的彩翼》《春的魅力》《痴情的追求》《爱泉》《西彤诗选》《昨夜风雨》《西彤短诗选》，剧本《千流归大海》，儿歌集《三只蝴蝶》，报告文学、歌词、散文诗合集等 10 余种。

包玉堂（1934—2020），仫佬族，笔名夜光、山音、尚土、南多、古南朵等，著名剧本《刘三姐》执笔者之一。1949 年参加革命，1953 年开始发表作品。1955 年采用民歌形式、取材于苗族民间传说，创作了叙事长诗《虹》，引起了文艺界的关注。著有诗集《虹》《歌唱我的民族》《凤凰山下百花开》《在天河两岸》《回音壁》《清清的泉水》《春歌不歇》《红水河畔三月三》《乡情集》及散文集《山花寄语》等。

冈夫（1907—1998），山西武乡人。1926 年毕业于山西外国文言学校德语系。1932 年秋加入北平左联。曾任中华全国文艺界抗敌协会晋东南分会理事，《抗战生活》杂志编委，前方《鲁艺校刊》编委主任，太行区文联副主任，1949 年后历任山西省文协主任，华北文联筹委，山西省文联、省作家协会副主席等。著有长篇小说《草岚风雨》，诗集《战斗与歌唱》《冈夫诗选》《远踪近影》《枫林晚唱》《人民人翻身颂》等。

黎·穆特里夫（1922—1945），维吾尔族，新疆人。1945 年被国民党杀害。出版《黎·穆塔里甫诗文选》《黎·穆特里夫诗选》《天山上的一颗明星》等。

林庚（1910—2006），字静希，原籍福建闽侯，生于北京。现代诗人、古代文学学者。1928 年北京师范大学附属中学毕业后考入清华大学物理系，1930 年转入中文系。1933 年毕业后留校，并出版了第一本新诗集《夜》，1934 年以后开始尝试新的格律体。"七七事变"后到厦门大学任教。1947 年返京任燕京大学中文系教授，1952 年以后改任北京大学教授，2004 年任北京大学诗歌中心主任。著有《中国文学史》《唐诗综论》《新诗格律与语言的诗化》等十一部文集。

方纪（1919—1998），原名冯冀，别名公羊子，笔名方纪，河北省辛集市人。著作有十几部中长篇小说和诗歌集，代表作有《挥手之间》《三峡之秋》等。著有长篇小说《老桑树底下的故事》，中篇小说《不连续的故事》，短篇小说《来访者》，散文特写集《长江行》《挥手之间》，长诗《不尽长江滚滚来》《大江东去》，文学评论集《学剑集》等。

蔡其矫（1918—2007），福建晋江人。幼年随家人侨居印尼，11 岁回国，中学时开始写诗。20 世纪 50 年代初任教于中央文学讲习所，1959 年回福建为专业作家。出版诗集《回声集》《涛声集》《回声续集》《祈求》《双虹集》《生活的歌》《蔡其矫诗选》《蔡其矫诗歌回廊（1—8 卷）》等。

唐祈（1920—1990），原名唐克蕃，江苏苏州人，九叶派诗人之一。1942 年毕业于西北联大历史系，40 年代在上海参与创办《中国新诗》杂志。后任甘肃师范大学学报副主编，西北民族学院汉语系代主任，任教时曾复刊《中国新诗》。

舒兰（1931— ），本名戴书训，笔名林青等，江苏邳县人。1948 年赴台湾。出版《抒情集》《乡色酒》《中国海洋诗史话》等十余种。

万忆萱（1933—1988），吉林扶余人。1950 年开始发表作品。著有特写集《驰骋吧，祖国的汽车》，诗集《金黄金黄的婆婆丁呵》《白桦林随想曲》，小说《宁死不屈》《为了明天》，儿童长诗《宝石山的传说》等。

汪静之（1902—1996），安徽绩溪人，诗人。1921 年起在《新潮》《新青年》等杂志发表新诗，后参与创立湖畔诗社。代表作有《蕙的风》《耶稣的吩咐》等。